KB042979

무림에 떨어진 현대인　3

초판 1쇄 인쇄일 2021년 04월 16일　|　**초판 1쇄 발행일** 2021년 04월 21일

지은이 청루연　|　**펴낸이** 곽동현　|　**담당편집 팀장** 이범수
편집부 정요한 최훈영 조혜진

펴낸곳 (주)조은세상　|　출판등록 제2002-23호
주소 서울특별시 동작구 동작대로1길 27 5층
TEL 02)587-2966　|　FAX 02)587-2922
E-mail bukdu@comics21c.co.kr

청루연ⓒ2021
ISBN 979-11-6591-690-9　|　ISBN 979-11-6591-687-9(set)
값 8,000원

무림에 떨어진

청루연 신무협 장편소설

현대인

3

누리
세사

청루연 신무협 장편소설

NEO ORIENTAL FANTASY STORY

CONTENTS

15章.

정원을 손질하던 세가주 남궁수의 손길이 멈추었다.

후원의 입구에서 익숙하고도 거대한 존재감이 느껴진 탓이다.

"조 봉공?"

어느새 후원의 중심으로 다가온 조휘가 남궁수를 향해 정중히 포권했다.

"가주님."

세가주 남궁수는 그런 조휘를 흐뭇한 표정으로 바라보고 있었다.

"그 지독한 사파 수련은 대충 마무리가 된 것인가?"

"예. 모두 끝났습니다."

"허허! 그럼 이제 우리 조 봉공을 당분간 보지 못하겠군. 조 봉공이 어디 쉽게 해(害)를 당할 사람이겠냐마는…… 그래도 늘 조심하고 조심하게."

조휘가 남창으로 가기 전에 인사차 자신에게 들렀다고 생각한 남궁수였다.

하지만 어딘지 모르게 진중한 그의 표정을 보아하니, 단순히 그런 용건 때문만이 아니라는 것을 곧바로 알아차릴 수가 있었다.

"가주님께서는 제 무공을 정말 절대라고 생각하십니까?"

조금은 당황한 듯한 세가주 남궁수의 얼굴.

그도 그럴 것이 무혼이 아로새겨진 그 백안을 직접 목격한 마당이었다.

초절의 무혼, 그 의념의 바다를 깨닫지 못한 자에게는 결코 일어날 수 없는 현상이었다.

"그 무슨 뚱딴지같은 소리란 말인가? 봉공의 무공은 틀림없는 의형지도(意形之道). 그것이 절대가 아니라면 무엇이 절대란 말인가?"

네네 맞습니다.

분명 검총에서의 무아경을 겪은 이후 그 깨달음으로 의념은 일으킬 수 있지요.

하지만…….

"솔직히 말씀드리겠습니다. 저는 분명 뜻밖의 기연을 통해 의형지도의 경지에 다다랐습니다. 한데……."

"한데?"

"전 보법도 경공술도 배운 적이 없습니다. 전음도 할 줄 몰라요."

세가주 남궁수가 더욱 황당한 얼굴을 했다.

"그럼 비무에서 보여 줬던 그 엄청난 이형환위는 뭐란 말인가?"

"아…… 그건……."

인간의 몸으로는 도저히 구현할 수 없는 동작들, 그 한계를 부술 수 있게 해 주는 것이 바로 검천전능지체.

그때는 단지 그런 검천전능지체의 공능을 이용해 빠르게 회피 기동한 것뿐이었다.

"그건 차후에 설명드리지요. 분명 가주님께서는 봉공의 직책이 원로에 준한다고 말씀하셨습니다. 제가 남궁세가의 무공을 어디까지 익힐 수 있는 겁니까?"

세가주 남궁수는 당황스럽긴 해도 일단 원칙적으로 이야기해 주었다.

"……원로의 자격으로는 가주비전의 무공만 아니라면 세가의 모든 무공을 익힐 수 있네."

순간 조휘의 두 눈이 열정으로 가득 물들었다.

"제게 남궁세가의 무공을 가르쳐 주십시오."

절대(絶大).

홀로 오롯이 종사(宗師)에 올라 문파를 연다 해도 고개를 끄덕일 수 있는 경지다.

그의 오묘하고도 고절한 검식은 오히려 제왕검형을 능가하는 측면이 있었다.

그런 엄청난 검공의 검수가 세가의 무공을 배우겠다고 나서니 황당하기 짝이 없었다.

"도대체 본가의 무슨 무공을 배우고 싶단 말인가?"

의문이 가득 담긴 세가주 남궁수의 시선에, 조휘는 고민하는 내색 하나 없이 퉁명스럽게 대답한다.

"기본공부터 모두요. 봉공이라는 저의 직책으로 배울 수 있는 것은 전부 다 원합니다."

무슨 마보나 참춘공부터 배우겠다는 소린가?

그런 황당한 조휘의 대답에 남궁수는 어처구니가 없었다.

곧 그가 조휘를 뚫어져라 응시한다.

의념을 일으켜 조휘의 독특한 기도를 헤집고 들어가 그 본질을 본다.

내공의 운행이 느껴지지 않으니 공령지체(空靈之體), 즉 공단(空丹)이다.

본신의 의지가 천지간의 기운과 충돌하지 않으니 천인합일(天人合一)이다.

느껴지는 정기신(精氣神) 그 모두가 이미 연허(煉虛)에 이

른 듯하고, 마음의 창이라는 그 깊은 눈 또한 현묘함으로 그
득하다.

분명 의심의 여지가 없는 절대다.

"……허허. 이거 원."

하지만 곰곰이 생각해 보니 그리 나쁘지만은 않았다.

이 젊디젊은 절대의 검수가 남궁의 무공으로 강호를 누빈
다면 세가의 명성이 더욱 드높아질 것이 분명하기에.

"좋네. 내 직접 봉공의 무학을 손봐 주지."

이에 조휘가 깊숙이 포권했다.

"감사합니다."

흐뭇하게 웃고 있던 세가주 남궁수가 곧바로 보법을 일으
켜 여섯 방위를 헤집었다.

파팟!

파파팟!

"천풍보(天風步), 제일식 육륜풍(六輪風)일세. 다음은 이
식 회령풍(回靈風)."

남궁수의 몸이 눈에 보이지 않을 정도로 맹렬히 회전하자
돌개바람이 사방에서 일어났다.

"삼식, 대연풍(大衍風)."

촤아악!

그의 신형이 잠시 흔들리며 미끄러지는 듯하더니 어느새
이십여 장 밖으로 벗어나 있었다.

"사식, 뇌전풍(雷電風)."

마치 점멸하는 형광등처럼 순식간에 나타났다 사라지기를
반복하는 남궁수.

"오식, 패왕풍(覇王風)."

느릿한 걸음걸이.

허나 천하의 강대한 기세가 사방을 짓누르며 위압한다.

웬만한 고수라 할지라도 기혈이 뒤엉켜 정신없이 물러나
게 만드는 패도지력이 담겨 있었다.

그 모든 광경을 백안(白眼)으로 냉정하게 지켜보고 있던
조휘.

사실 남궁세가는 경신법과 보법으로 유명한 가문이 아니
었다.

허나 과연 명문은 명문.

보법이라고는 칠성보밖에 모르는 조휘에게 있어서 남궁수
가 시연한 천풍보는 그 급부터가 달랐다.

하지만 자신의 뇌리에 끊임없이 전달되는 물리학적 도식
의 정보들이 수많은 오류를 일으키며 삐걱거리고 있었다.

물리학적으로는 최적(最適)이 아닌 것이다.

"이것이 본가의 천풍보일세. 어떤가?"

조휘가 가타부타 말도 없이 신형을 움직였다.

휘리릭!

휘리리릭!

인간의 모든 이능력이 개화된 검천전능지체.

그런 조휘의 몸짓이란 뭐랄까…….

이 세상의 것이 아닌 느낌?

콰콰콰콰콰!

콰콰콰콰콰콰콰콰!

엄청난 와류(渦流), 아니 이건 와류라고 표현될 수도 없다.

사방에서 피어오르는 거대한 용오름들!

그 엄청난 소용돌이들이 사막의 용권풍(龍卷風)처럼 거대해지더니, 애지중지 가꿔 온 남궁수의 후원을 모두 박살 내고 있었다.

하지만 남궁수는 박살 나는 후원을 신경도 쓰지 못했다.

'이것이 설마……?'

회령풍이라고?

회령풍의 속성은 환(幻)과 피(避)다.

보법으로 바람을 일으켜 상대의 시선을 혼란케 하여 전장을 벗어나게 해 주는 회피기예.

한데, 조휘의 그것은 이미 그 자체로 공격무공 같다. 분명 같은 보법인데도 말이다.

푸스스스스.

사방 천지의 뿌연 먼지가 잦아들 기미가 보이지 않자 남궁수가 내력으로 풍압을 일으켰다.

먼지가 걷히자 조휘가 어색한 얼굴로 뒷머리를 긁적이고

15

있었다.

"죄송합니다. 깨달은 심득이 있어 급히 펼쳐 본다는 게……."

"아, 아니네. 그것보다도 설마 이게 정말 회령풍인가?"

"맞습니다."

"……."

조휘는 물리학적으로 불필요한 도식들을 모조리 삭제했다. 이어 완성도를 높여 줄 수많은 물리학적 벡터값들을 천풍보에 삽입했다.

그렇게 완성도가 높아지자 전혀 다른 보법이 되어 버린 것.

한데 조휘는 이 모든 것을 도저히 말로 설명해 줄 수가 없었다.

본래 속도의 십분지 일로 천천히 시연해 보이는 것만이 유일한 해명의 방법이었다.

내공과 힘을 빼고 천천히 움직이는 조휘.

그의 모든 동작들을 찢어져라 뜬 눈으로 쳐다보고 있던 남궁수가 곧 경악했다.

"이럴 수가!"

그것은 전혀 다른 회령풍.

마치 다른 경지의 보법을 보는 것 같았다. 그 고절한 완성도가 단숨에 느껴질 정도.

천하제일의 신법이라는 제운종(梯雲縱)과 연대구품(連帶九品), 운룡대팔식(雲龍大八式)의 완성도가 이러할까?

평생토록 천풍보를 익혀 왔지만 단 한 번도 저런 개념의 동작들을 떠올려 보지 못했다.

그렇게 조휘가 삭제하고 또 추가한 동작들이 마치 톱니바퀴처럼 본래의 그것과 뒤섞여 전혀 새로운 경지의 보법을 만들어 낸 것이다.

"그리고 이것도요."

번쩍번쩍!

점멸되며 사라지는 속도부터가 다르다.

마치 수십 명의 조휘가 사방에서 짓쳐 오는 것 같은 착각마저 들 정도.

이건 뭐 선인(仙人)만이 쓸 수 있다는 도술, 분신술 같지 않은가?

그렇게 완전히 다른 경지의 뇌전풍을 아무렇지도 않게 시전해 보이던 조휘가 눈살을 찌푸리며 남궁수에게 말했다.

"이건 공력의 소모가 너무 심하군요. 특별한 경우가 아니라면 자제해야 될 보법 같습니다."

원래라면 독문의 보법을 멋대로 해석하거나 편집하는 것에 대한 거부감이 들어야 마땅했다.

한데 그런 생각이 티끌도 생기지 않는다. 그만큼 너무나 압도적인 완성도였던 것이다.

"……그것도 행로를 느리게 보여 줄 수 있겠는가?"

"그러지요."

다시 조휘가 행로를 이어 가자 그의 몸짓을 하나라도 놓칠 수 없다는 듯 다시 크게 눈을 뜨는 남궁수.

"잠시! 잠시만!"

경악하며 조휘의 움직임을 멈춰 세운 남궁수의 얼굴이 귀신이라도 본 것마냥 푸르죽죽해져 있었다.

"방금 그 동작! 도대체 그 움직임은 뭔가? 어떻게 그런 움직임들이 연결될 수 있단 말인가?"

방금 전 조휘의 동작.

그건 마치 공간과 공간이 하나의 선으로 전이되는 느낌이었다.

피륙을 뒤집어쓰고 있는 인간의 몸으로는 결코 가능한 움직임이 아니었다.

"……."

조휘는 아무런 대답도 할 수 없었다.

삼 년간의 심상의 세계, 그 홀황의 깨달음으로 얻은 검천전능지체(劒天全能之體)는 한낱 말로써 설명될 수 있는 게 아니었다.

인간의 몸으로는 도저히 구현이 불가능한 모든 물리학적인 움직임을 가능케 해 주는 경지.

이걸 설명하려면 남궁수에게 물리학부터 가르쳐야 한다.

"저의 무학적 특성입니다. 일단은 그렇게 생각해 주시고 다음 무공을 가르쳐 주십시오."

잠시 동안 침중하게 얼굴을 굳히던 남궁수가 하는 수 없이 고개를 끄덕였다.

"알겠네."

◆ ◈ ◆

창천담로원이 뒤집어졌다.

가주전의 후원에서 강대한 기(氣)가 소용돌이치는 바람에, 원로들이 깜짝 놀라며 찾아온 것이 바로 사흘 전.

세가주 남궁수가 먼저 무공을 시연해 보이고 조휘가 이를 받아들이는 장면이 장장 사흘 동안 이어진 것이다.

분명 노인들의 기력으로는 벅찰 법한데도 그 긴 시간 동안 아무도 발길을 돌리지 않았다.

"허허허허……!"

사람이 너무 놀라면 외려 헛웃음이 나오게 마련.

남궁성찬은 사흘 동안 자신이 보고 느꼈던 모든 것들이 도저히 믿기지가 않았다.

곁에 있던 남궁무찬이 귀신에 홀린 듯한 표정으로 중얼거렸다.

"형님…… 우리가 지금 뭘 보고 있는 게요?"

사백 년 남궁세가의 전통, 그 모든 자부심이 사상누각처럼 무너지고 있었다.

저기에 새로운 남궁(南宮)이 탄생하고 있다.

전혀 다른 초월의 경지, 완벽하게 재탄생되고 있는 자신들의 가전무공.

저 창궁무애검을 보라!

창궁무애(蒼穹無涯)란 그 뜻대로, 한계가 규정될 수 없는 하늘의 무한함이다.

그 진실된 경지가 바로 저기에 있다.

오롯한 검의(劍意), 그 무한하고 지고한 제왕의 극의(極意).

청명한 하늘을 누비는 저 광대무변한 검(劍)은, 마치 인세의 어떤 무언가를 초월한 느낌이었다.

소름 돋을 만큼 완벽한 검로.

한 치의 틈도 보이지 않는 철저한 공간 장악.

강대한 제왕의 지배, 그 강렬한 존재감이 온 천하를 짓누르고 또 짓누른다.

그토록 보기를 소원했던 진정한 제왕의 검.

여기, 이 후원에서 제왕검형(帝王劍形)보다 더욱 완벽한 제왕이 태어나고 있었다.

"……저게 어떻게 창궁무애검이란 말이오? 나는…… 나는……."

결국 남궁무찬이 참지 못하고 눈물을 터뜨렸다.

자신이 평생 닦아 온 검학(劍學), 그 고된 수신(修身)의 세월이 송두리째 부정당하는 느낌.

남궁성찬이 침잠한 눈으로 그의 등을 쓸어 만져 주었다.

"저런 것은 범인이 따라 할 수 없으이."

범인(凡人)?

창천담로원의 우리들이 어떻게 범인이란 말이오 형님!

남궁무찬은 도저히 이해할 수 없다는 듯한 얼굴이었다.

창천원로원에 들지 못하고 분가하여 노후를 맞이하거나 금분세수로 은퇴한 동년배가 오십이 넘는다.

세가의 존경을 받는 창천담로원의 원로가 될 수 있었다는 것.

그것은 곧 자신의 세대에서 으뜸이었다는 소리다.

이들 원로 모두가 소싯적부터 천재 소리를 들으며 평생토록 검을 연마해 온 고수들.

한데 어찌 이런 우리들더러 범인이라 칭할 수 있단 말인가?

"세상의 잣대로 우리 봉공을 해석하려 들지 말게나."

남궁성찬의 눈에서 기이한 빛이 일렁였다.

"그에게서 어떤 초월적인 힘이 느껴지네. 세상의 인과율로 얻은 것이 아닌 것 같은 느낌이야."

"그게 무슨……?"

남궁성찬이 씁쓸하게 웃었다.

"인세의 눈으로는 도저히 해석할 수 없는 자. 강호인들이 믿어 온 모든 상식을 부쉈던 자. 이미 중원은 그런 초월자들을 세 번이나 맞이하지 않았더냐?"

"신(神)……!"

남궁성찬이 끄덕였다.

"나는 이제 확신한다네. 우리 봉공은 틀림없는 신의 후보네."

창천안, 그 절대의 경지를 이룬 형님의 안목이다.

그 말처럼 조휘를 그런 천외천의 존재로 생각하니 오히려
마음이 한결 가벼워지는 남궁무찬이었다.

어느덧 세가주의 시연이 멈추었다.

어찌 보면 바로 앞에서 모든 것을 지켜본 당사자인 남궁수
의 충격이 가장 클 것이다.

"……가주비전을 제외한 남궁세가의 모든 것을 자네에게
다 보여 주었네."

조휘가 정중하게 포권했다.

"가르침에 감사합니다."

단 사흘이었다.

조휘는 그 짧은 시간에 배우는 것으로 모자라 남궁세가의
모든 무공들을 전혀 다른 차원으로 재탄생시켰다.

검천전능지체의 백안(白眼)이 아니었다면 결코 가능한 일
이 아니었다.

거꾸로 무공을 익히는 강호의 역대급 기사(奇事).

절대에 이른 자가 거꾸로 하위의 무공을 익히는 이런 일은
강호의 역사 이래 아마도 처음일 것이다.

한편, 세가주 남궁수는 처절한 욕망에 휩싸여 있었다.

가주비전의 제왕검형(帝王劒形).

그마저도 조휘에게 보여 주고 싶었던 것이다.

하지만 제왕검형을 제대로 보여 주려면 내공의 행로인 창천대연신공까지도 다 드러내야 했다. 결국 남궁세가의 무공을 모조리 다 털리는 것이다.

물론 제왕검형은 그 자체로 이미 절대의 검식.

그 명성이란 무당의 태극혜검과 화산의 이십사수매화검법과도 나란했다.

한데 조휘가 남궁세가의 무공을 전혀 다른 차원의 경지로 끌어올리는 그 모든 광경을 실시간으로 지켜본 마당이었다.

그라면 반드시 제왕검형의 마지막 완성, 그 방향을 올곧게 해석할 것이다.

그런 남궁수의 생각을 읽기라도 한 것일까?

별안간 보법을 밟아 다가온 남궁성찬이 세가주 남궁수의 어깨를 붙잡고서 나직이 고개를 흔들었다.

"있어선 안 될 일이오. 가주."

"……백부님."

조휘가 조금은 피폐해진 얼굴로 예를 갖췄다.

"혹시 돌아가 봐도 되겠습니까? 사흘 동안 쉼 없이 혹사시켰더니 몸이 좀 상한 듯합니다."

세가주 남궁수가 그도 그렇다는 듯 고개를 끄덕였다. 자신도 지치기는 마찬가지였으니까.

"그러도록 하게. 고생이 많았네."

지금의 남궁수는 결코 알지 못했다.

조휘에게 가문의 무공을 전함으로써 차후에 어떤 엄청난 일이 벌어질지를.

◆ ◆ ◆

드넓은 조가대상회의 회의실 내부.

조휘가 거대한 회탁에 어지럽게 펼쳐져 있는 서류 더미들을 차가운 얼굴로 살피고 있었다.

일단 가장 눈에 띄는 것은 넓게 펼쳐진 강서성(江西省)의 지도.

강서는 흑천련의 세력권 중에서 가장 강성한 본단이 있는 곳이었다.

그도 그럴 것이 그들의 다른 세력권인 절강성이나 복건성에 비해 인구도 압도적으로 많았고, 특히나 장강 이남의 상권, 그 물류의 팔 할 이상이 강서성을 지나고 있었던 것.

포양호의 주위로 발달된 그 거대한 상권은 예전의 합비와는 비교조차 불가능할 정도였다.

원래라면 흑천련이 합비를 노릴 이유는 전혀 없었다. 강서성 하나만으로도 가히 배가 터질 지경. 순수하게 상권의 규모만 따진다면 안휘의 서너 배는 가뿐하게 넘는 수준이었다.

흑천련은 그런 강서를 참 알차게도 뽑아 먹고 있었다.

남창의 포양호, 그 거대한 호수 상권에 어느 한 곳 개입하
지 않은 곳이 없었고, 구강현의 거미줄 같은 수로(水路) 역시
철저히 장악하여 통행세를 뜯어먹고 있었다.

포양호라는 천혜의 담수어장, 그 모든 수산물들이 모이는
여강현도 마찬가지. 흑천련의 허락이 없이는 단 한 마리의 물
고기도 거래할 수 없을 정도였다.

양자평원(揚子平原)의 끝자락, 광활한 분지 지대인 강서는
물이 풍부하고 기후도 온후하여 소출되는 곡물의 양도 어마
어마했다.

무엇보다 온후한 기후에서 재배되는 고부가 가치의 과일
들과 무원 지방에서 발달된 차(茶) 산업, 서금의 특산품인 옥
구지, 남부의 광대한 산림자원을 바탕으로 한 목재시장 등.
그야말로 상업의 천국이라 할 수 있는 곳이었다.

흑천련은 그런 모든 상권에 철저하게 개입하여 이득을 취
하고 있었다.

그렇게 강서성의 정보들을 샅샅이 살펴보던 조휘의 두 눈
에 탐욕의 불꽃이 화르르 피어올랐다.

현대의 상업을 접목시키기에 안휘보다도 더욱 적합한 땅.

"공자님. 이쪽입니다."

이 총관의 안내를 받아 도착한 제갈운이 어김없이 부채를
펼치려다 머쓱한 얼굴로 다시 접는다.

"조 소협."

또다시 조휘를 향해 포권하며 인사를 하다가 짜증스런 얼굴로 양손을 푸는 제갈운.

예(禮)가 골수에 치밀었다는 장일룡의 대사가 자꾸만 생각나 심기가 매우 불편한 그였다.

"앉으시죠."

이 총관의 안내를 받아 자리에 앉은 제갈운이 회의실 내부를 이리저리 훑어보고 있었다.

좀처럼 보기 힘든 양식의 여러 문물들이 여기저기서 발견되자 신기했던 것.

"자, 강서로 출발하기 전에 고명한 소제갈님의 계획부터 좀 알려 주시죠. 어디 그럴싸한지 들어 봅시다."

깍지를 낀 채 나른한 얼굴로 자신을 바라보고 있는 조휘를 제갈운이 매섭게 쩨려보았다.

"이미 다 말씀드렸잖아요? 우린 은봉령을 추적할 거에요."

어느덧 음흉한 얼굴로 웃고 있는 조휘.

"아주 운이 좋아 그 은봉령, 아니 은봉령주라도 만났다고 칩시다. 그다음은요?"

제갈운이 황당하다는 듯 대답한다.

"그다음이라뇨? 령주라면 그간 은봉령이 취합한 정보들을 모두 지니고 있을 공산이 크죠. 은봉령을 만만하게 보시는 건가요? 물자와 병력의 흐름은 물론이고 이번 일에 몸을 움직인 흑천련 고수들의 명단, 진출 거점, 결행 시기 등 죄다 알 수 있을 거예요. 맹(盟)의 대비 자체가 달라지는 겁니다."

조휘가 크게 고개를 끄덕이다 다시 질문했다.

"우리가 그 모든 정보를 맹에 전달했다고 가정합시다. 그 다음은요?"

"절충 지대인 안휘를 잃게 되면 맹성(盟城)이 있는 정주(鄭州)는 흑천련과 이웃처럼 얼굴을 맞대야 되죠. 반드시 병력을 보내 줄 거예요. 적어도 단(團)이 아닌 대(隊)급 무력단체 서너 곳이 안휘성을 향할 겁니다."

조휘의 짐작과는 다르게 좀 약한 규모였다.

"네 개의 대(隊)? 좀 약한 것 아닙니까? 맹은 열세 개의 무력대를 보유하고 있잖습니까?"

"맹의 적은 흑천련뿐만이 아니죠. 호남과 귀주를 잇는 기다란 경계를 사천회(邪天會)와도 마주하고 있으니까요. 게다가 합류할 남궁세가의 전력도 만만치 않잖아요?"

"무림맹 네 개의 무력대와 남궁세가라……."

대단한 규모임은 틀림없었다.

흑천련이 얼마나 병력을 투입했는지는 몰라도, 적어도 그들이 동원할 수 있는 역량의 절반 이상을 투입해야 무림맹 측과 한번 해볼 만할 것이다.

"그래요. 무림맹 측이 이겼다 칩시다. 그다음은 어떻게 되는 겁니까?"

27

조휘의 시야는 항상 그다음을 향해 있었다.

"총군사님의 특성상 강하게 압박하되 될 수 있는 한 접전은 피할 거예요. 가장 이상적인 것은 협상으로 강서성 이북의 일부를 맹의 세력권에 편입시키는 거겠죠. 그리고……."

이어 제갈운은 회탁에 펼쳐진 강서성의 지도를 여기저기 손짓하며 예상되는 맹의 전략들을 짚어 보고 있었다.

신중하게 듣고 있던 조휘.

한데 들으면 들을수록 조휘의 입꼬리가 슬며시 올라간다.

아무리 천재 소리를 듣는 소제갈이라 할지라도 어쩔 수 없는 강호인의 시선.

현대인의 폭넓은 관점과 시야를 지니고 있는 조휘로서는 오히려 단조로워 보일 지경이었다.

마침내 조휘는 제갈운의 말을 잘라 버렸다.

"결국 그 엄청난 병력을 동원하고도, 그것도 가장 최선의 결과란 것이 고작 흑천련의 세력권 일부를 흡수하는 것에 그친단 말입니까?"

제갈운이 황당한 얼굴로 굳어 버렸다.

거대 상회의 주인이라는 작자가 흑천련의 세력권이 얼마나 알찬 건지 정말 몰라서 저런 질문을 한단 말인가?

강서의 이북만 취할 수 있다 하더라도 그 이득은 실로 어마어마하다.

흑천련은 장강 이남을 장악하고 있는 삼패천(三覇天), 그

중의 일천(一天)이다. 그 규모는 일개 문파와는 비교조차 할
수 없었다.

조휘가 결심한 듯 얼굴을 굳혔다.

"저는, 아니 우리 조가대상회는 맹의 지원을 거부하겠습니
다. 당신도 그만 맹으로 돌아가세요."

"뭐, 뭐라고요?"

"맹의 지원을 거부하겠습니다."

"네?"

잘못 들었나 싶어 연신 눈만 껌뻑거리고 있는 제갈운.

"아, 아니 강서의 은봉령이 모두 제거되었다니까요? 흑천
련이 합비를 칠 확률은 구 할에 가깝다는 것이 맹의 결론이에
요. 이런 상황에서……."

"거참. 그런 일은 안 생길 테니까 걱정 마시고 맹에 복귀하
시면 됩니다."

"……하!"

기가 찼지만 그래도 조휘는 합비의 상계를 지배하고 있는
거대 상회의 주인이다.

그런 자의 계획이라면 틀림없이 허술하지 않을 것이다.

"그럼 도대체 어떡하실 건가요? 물론 당신은 남궁의 봉공이
니 남궁세가를 동원할 수 있겠죠. 그리고 절대의 고수시니 그
자신감은 이해해요. 하지만 흑천련에 속한 절정 이상의 고수만
해도 천 명이 넘어요. 화경(化境) 이상의 고수도 스물이 넘죠."

사파 세력은 그 무공의 특성상 절대경의 무인이 정파 측보다 항상 적다.

하지만 절정의 경지에 다다르는 기간은 정파의 무공보다도 훨씬 빠르다.

때문에 단순히 병력의 질만 따졌을 때, 같은 수라면 항상 사파가 압도적이었다.

"내 편도 아닌데 비밀을 나눌 생각은 없습니다. 제 계획을 듣는 순간 우린 같은 배를 타는 겁니다. 맹으로 돌아가지 못해요."

차갑게 눈을 빛내고 있는 조휘.

원래라면 곧바로 자리를 박차고 일어나 맹으로 복귀해야 함이 마땅했지만 상대는 조휘였다.

또 무슨 기상천외한 일을 벌일 계획인지 벌써부터 궁금해 미칠 지경.

그런 식자(識者)로서의 탐구열이 제갈운의 발목을 잡고 있었다.

"가, 감금이라도 하겠다는 건가요?"

조휘는 피식 웃었다.

"뭘 거창하게 감금씩이나. 그냥 제 모든 계획에 동참하면 되는 겁니다. 맹은 당연히 나오셔야겠죠?"

"말도 안 돼!"

벌떡 자리에서 일어난 제갈운.

감히 무림맹을 나오라니?

그때 조휘가 눈짓으로 밖을 가리켰다.

"제 계획이 듣기 싫다면 그대로 맹으로 가시면 됩니다."

씨익.

조휘의 입가에 승리자의 미소가 번진다.

제갈운의 성향쯤은 진즉에 파악하고 있는 조휘다.

머릿속이 온통 궁금증으로 가득해진 그는 이미 낚시 바늘에 모가지가 걸린 물고기 신세.

필사적으로 인내하던 제갈운이 결국 참지 못하고 털썩 자리에 주저앉는다.

조휘가 그 틈을 놓치지 않으며 재빨리 서류를 꺼냈다.

"제가 또 구두로 한 약속은 못 믿는 체질이라."

근로계약서(勤勞契約書).

제갈운이 입술을 질끈 깨문다.

이미 조휘는 자신을 초대하기 전부터 이 일을 계획하고 있었던 것이 틀림없었다.

그럼에도 거부할 수가 없다. 제기랄!

"하……."

결국 이렇게 되는 건가.

어느덧 조휘가 건넨 붓을 힘없이 받아 드는 제갈운.

"여기하고 저기. 두 곳만 서명하면 됩니다. 깔끔하게 가자고요. 빠른 서명 가즈아."

제갈운이 허탈한 얼굴로 서명을 마치고는 예의 매서운 눈초리를 또다시 빛냈다.

"됐죠? 빨리 계획이나 말해요."

"흐흐! 우리 제갈 과장님 성질도 급하셔라."

제갈운이 뿌득 이를 깨물며 뭐라 대꾸할 찰나, 조휘가 창밖의 전경을 눈짓으로 가리켰다.

"조가대상회가 이 합비에서 철수하면 어떤 일이 벌어질 것 같습니까?"

"그거야……."

원래라면 제갈운은 다른 상단들이 쌍수를 들고 환영할 것이라고 대답했을 것이다.

하지만 남궁세가에서 벌어졌던 일들을 생각하면 그렇게 단순하게 생각할 수가 없었다.

"저는 스스로를 물건을 파는 장사치라 여겼던 적이 단 한 번도 없습니다."

합비의 거대한 상권을 통째로 거머쥐고 있는 상인의 입에서 나온 말이라고는 기가 차는 말이었다.

"그럼 당신의 상회가 팔고 있는 그 쟁쟁한 물건들은 다 뭐란 말이죠?"

조휘가 두 팔을 넓게 벌려 회탁에 펼쳐 놓았다.

곧 그의 안광이 강렬해진다.

"문화를 팔았죠."

그 한마디에 제갈운은 온몸의 털이 곤두서는 느낌이 들었다.

문화를 판다?

대체 어떤 상인이 저런 광오한 말을 할 수 있단 말인가?

하지만 상대는 조휘다. 그는 충분히 그런 말을 할 자격이 있었다.

"사람들에게 한번 자리 잡은 문화는 대체가 불가능합니다. 합비에만 있는 흑청수와 냉차, 합비에만 있는 합빈관, 합비에만 있는 천상운차. 합비에만 있는 배달객잔. 합비에만 있는 빙설주."

조휘의 눈빛이 더욱 진득해진다.

"이 모든 것이 일시에 사라진다면? 별천지의 문화를 한번 맛본 사람들은 결코 그 맛을 잊지 못합니다. 그런 처절한 욕망들이 바로 조가대상회를 방어하는 철벽이지요."

이런 조휘의 주장은 남궁세가 간부들의 반응에서 이미 증명된 것.

본디 자본주의의 문화란 것이 그렇다.

현대의 예를 들어 보면.

한 나라가 아무리 체제를 꽁꽁 싸매고 있어도, 그 나라의 시장에 코카콜라가 들어간다면 이미 자본에 잠식당한 국가라 할 수 있었다.

공산주의를 표방하고 있는 중국이나 베트남, 쿠바.

하지만 이 나라들을 그 누구도 공산주의라 생각하지 않는다.

초코파이와 드라마로 대변되는 한국의 문화는 그 비밀스러운 북한의 시장조차 뒤흔들고 있었다.

그것이 바로 시장자본주의의 무서움.

"게다가 조가대상회는 그 모든 문화를 독점하고 있지요."

독점(獨占).

현대의 최첨단 자본주의는 기업의 독점을 막기 위해 행정적으로 수많은 장치를 두어 이를 막고 있었다.

하지만 아직 시장주의의 개념조차 자리 잡지 않은 이 중원에는 그런 독점을 막을 제한이 아무것도 없었다.

"저는 강서에도 조가대상회의 문화를 팔 예정입니다."

"……네?"

"물론 우리 제갈 과장님이나 맹의 우려처럼 조가대상회가 그들의 휘하에 들어가는 일은 결코 없을 겁니다. 흑천련의 무력이요? 물론 두렵죠. 하지만 그런 기미가 보이면 전 곧바로 조가대상회를 강서에서 모조리 철수시킬 겁니다."

눈만 크게 뜨고 있는 제갈운을 향해 조휘가 다시 웃음 띤 얼굴로 말했다.

"과연 우리의 철수를 강서의 백성들이 견딜 수 있을까요? 아니 당장 흑천련의 무인들부터 견딜 수나 있을까요?"

부르르르.

제갈운은 소름이 돋았다. 눈앞의 조휘를 바라보고 있자니 정말 너무 무서운 느낌이 들었기 때문이다.

"문화를 '독점'하고 있는 이상, 우리 조가대상회를 아무도 건들 수 없습니다. 혹천련? 무림맹도 저를 못 건듭니다."

이런 기상천외한 역발상은 상상도 해 보지 못했다.

제갈운이 떨리는 손짓으로 강서성 지도를 가리켰다.

"설마 당신은 이 강서성을……."

조휘가 고개를 끄덕였다.

"네. 통째로 먹을 겁니다. 아예 뼈째로 씹어 먹을 겁니다. 감히 내 것을 탐낸 그 혹천련이란 새끼들을 모조리 내 발 밑으로 기어 다니게 만들 것이고 개처럼 부려 줄 겁니다."

제갈운이 또다시 몸서리를 친다.

"그 거대한 시장을 차지하려면 투자금이 만만치 않게 들어갈 텐데요?"

성도에 객잔 하나를 개업하는 것도 엄청난 돈이 든다.

하물며 성(省) 자체를 먹는다?

제갈운으로서는 감히 상상도 할 수 없었다.

"일단 십만 냥을 생각하고 있죠."

그 엄청난 금액에 제갈운이 뒤집어지고 말았다.

"으, 은자 십만 냥!"

조휘가 실소를 머금었다.

"조가대상회를 물로 보셨나 보네요."

"예?"

조휘의 의미심장한 미소.

"전 은자라고 말한 적이 없습니다."

금화 십만 냥!

그 엄청난 금액에 석상처럼 굳어져 버린 제갈운!

수많은 계열상을 거느린 조가대상회가 돈을 어마어마하게 벌어들이고 있다는 것쯤은 대충 짐작하고 있었다.

하지만 설마 이 정도일 거라고는 상상도 하지 못했다.

그 엄청난 규모를 자랑하는 무림맹의 연간 운영비가 금화 십만 냥 수준이라고 들었던 터.

도대체가 말이 되지 않았다.

"합빈관이나 조가성심당 같은 곳이 한 달에 벌어들이는 이문이 얼마길래……?"

제갈운의 질문에 조휘는 피식 웃어 버렸다.

제갈운뿐만 아니라 주변 대부분의 사람들은 합빈관과 조가성심당을 조가대상회의 대표적인 사업체로 보고 있었다.

하지만 실상은 완전 다르다.

조가대상회가 벌어들이는 수입의 절반 이상을 안휘철방이 책임지고 있었던 것.

안휘철방은 안휘의 대장군부(大將軍部), 총병력 삼 만에 달하는 엄청난 군사 집단의 병장기들을 무려 '독점' 공급하고 있었다.

그럴 수밖에 없는 것이, 안휘성의 그 어떤 철방도 안휘철방의 대량 생산 방식, 분업 시스템을 도저히 이길 수가 없었기 때문이다.

안휘철방이 나타나기 전까지만 해도 안휘에서 가장 큰 규모를 자랑하던 철방은 바로 대화흑철방.

그런 그곳에서 한 달 내내 도검을 생산한다고 해도 그 양이 일백을 넘을 수가 없었다.

반면 안휘철방은 단 한 달 만에 무려 오천 자루의 도검을 생산해 낸다.

게다가 단가 차이는 두 배. 대장군 하후명의 입장에서는 선택의 여지가 없는 것이다.

그렇다고 무기의 질이 엄청나게 달리느냐? 그건 또 아니었다. 수년간 철방대부들에게 체계적으로 양성된 철방의 직원들은 그 숙련도가 나날이 높아지고 있었다.

이제 단순하게 산술적으로 계산해 보자.

삼 년 전 안휘철방이 대장군부에 납품한 보병용 삼첩도(三疊刀)의 납품가액은 개당 은자 열여섯 냥이다.

여섯 달에 걸쳐 모두 납품하고 수령한 금액은 자그마치 금화로 오만 냥.

거기에 장군부의 보병들이 기존에 쓰던 무기들, 즉 전마(戰馬) 살상용 거치창(据置槍), 난전용 육도(戮刀), 기병용 방태극(防太戟), 철방패 호병순(護兵盾) 등.

그렇게 재고로 보관하고 있던 여러 병종(兵種)의 무기들 십만 개를 말끔하게 수리하는 의뢰의 대가도 금화 이만 냥이었다.

이게 합비의 장군부 단 한 곳과 거래한 금액이다.

그것도 한 해의 거래액.

여기에 기산각의 천지인(天地人) 운차(雲車)들, 소산각의 수백 종 철제 농기구, 거기에 대산각의 매출을 합하면?

이제 안휘철방이 한 해에 벌어들이는 금액을 상상할 수 있 겠는가?

조휘가 단 삼 년 만에 합비를 별천지로 만들 수 있었던 것 은, 이처럼 철방의 엄청난 수익이 모조리 투자금으로 환원되 었기 때문이다.

"일단 일차로 십만 냥 정도 투입해 보고 모자란다 싶으면 두 배, 세 배 때려 박을 겁니다. 이왕 투자하는 거 화끈하게 가 야죠. 그 정도로 돈지랄을 해 주면 흑천련 새끼들도 아마 정신 없을 겁니다."

"……."

제갈운은 아예 말도 나오지 않았다.

조휘가 동원할 수 있는 자금력이 얼마나 되는지 이젠 짐작 조차 되지 않았기 때문이다.

무림맹이 눈에 불을 켜고 조가대상회를 복속시키려고 했 던 것은 다 그만한 이유가 있었던 것이다.

제갈운이 그런 조휘를 새삼스럽게 바라보았다.

저 엄청난 돈을 언급하면서도 눈빛 하나 흔들림이 없다.

확신에 찬, 자신감 가득한 조휘의 얼굴.

근대의 역사를 배운 현대인이라면 한 사람의 자본가가 얼마만큼 사회를 변혁시킬 수 있는지 모를 수가 없었다.

"자 이제 계약서 챙기시고 슬슬 일어나시죠 제갈 과장님?"

그제야 현실을 인지하기 시작한 듯 제갈운이 계약서를 훑어본다.

자꾸만 자신을 부르는 호칭이 신경 쓰여 꼼꼼하게 계약서를 살피던 제갈운이 미간을 찌푸렸다.

"아니, 전에는 뭐 부회장? 이인자라면서요? 월봉도 당초 제시했던 금액의 절반이네요?"

조휘가 눈을 부라린다.

"원래 몸값이란 건 그때그때 유동적인 법입니다. 그때는 제가 영입하려고 애를 쓰는 입장이었지만 오늘은 전혀 다르죠. 왜 이럽니까? 하수처럼?"

"하……!"

여기서 물러서면 소제갈이 아니다.

곧 제갈운이 날카롭게 안광을 벼린다.

"그럼 당신의 산법술이라도 가르쳐 주세요."

"산법술?"

"네."

조휘가 난감한 얼굴을 했다.

0을 숫자로 받아들이지 못하는 이상, 현대의 사칙연산식을 어떻게 이해시킬 수 있단 말인가?

"전에도 얘기했듯이 공(空)도 수(數)라는 것을 받아들이지 못하는 이상 제 산법술은 배울 수가 없습니다."

"아 진짜! 또 그 소리예요? 공이 도대체 어떻게 수냐고요!"

"무(無)도 수라고요. 아, 됐습니다. 그만하죠."

잠시 멍하니 굳어 있던 제갈운이 곧 격렬한 지적 충격에 휩싸였다.

"뭐, 뭐라고요? 그러니까 무(無)도 수가 될 수 있단 말이죠?"

조휘의 입장에서는 공허를 나타내는 '공(空)'이나 없을 '무(無)'나 똑같은 제로(0)의 뜻을 지닌 단어였지만 제갈운에게는 전혀 아니었다.

5×0=0.

다섯의 수와 아무것도 없을 무(無)는 그 곱셈이 성립될 수 없다. 아무것도 곱해지지 않았기 때문이다.

"다, 다섯의 수와 무는 곱해지지 않으니 그야말로 없을 무(無)군요! 곱셈의 값이 존재할 수 없는 거죠? 그런 거죠? 맞죠?"

조휘가 눈을 동그랗게 떴다.

"오?"

조휘는 뭐라 대꾸라도 해 주려 했지만 그러지 못했다.

어느새 제갈운이 지그시 눈을 감고 명상에 잠겼기 때문이다.

제로(0)를 수로 받아들이자마자 그의 산법 체계, 그 모든 관념들이 커다란 변혁을 맞이하게 된 것이다.

그의 뇌리를 지배하고 있는 연산법칙들이 산산이 해체되고 또 재구성되고 있었던 것.

인류의 수학사에 있어서 제로(0)의 발견이란 그야말로 엄청난 발견이었다.

완전히 재정립된 산법 체계.

그런 엄청난 지적 충만감을 느끼며 천천히 눈을 뜨는 제갈운.

"이건 뭐…… 천재라고 이야기할 수도 없겠군요. 도대체 당신은 어떤 존재죠?"

어떻게 이런 인간이?

실로 간단하면서도 결코 가볍게 치부할 수 없는 수학적 개념이었다.

조휘가 씨익 웃으며 붓을 들었다.

"아라비아 숫자라는 것을 가르쳐 드리죠."

1234567890.

그렇게 조휘는 차례로 아라비아 숫자를 그리더니 한자로 주석을 달았다.

"열 개의 숫자를 나타내는 이 문자들을 외우는 데 얼마나 걸리겠습니까?"

"이미 다 외웠는데요?"

조휘가 흡족한 미소를 띤 채로 이제는 사칙연산을 나타내는 부호들을 그리고 또 한자로 주석을 달아 주었다.

덧셈(+), 뺄셈(-).

곱셈(×), 나눗셈(÷).

"이것도 모두 외웠습니까?"

"네."

마침내 제갈운에게 현대의 초등 산수 시험이 펼쳐진다.

과연 신기제갈!

평생토록 산법을 익혔다더니 제로(0)의 개념을 익히자마자 물 만난 고기처럼 게걸스럽게 신지식을 흡수하고 있었던 것.

그렇게 제갈운이 삼십 개 문제의 정답을 거침없이 구해 내자 조휘는 더욱 난이도를 높였다.

대충 이런 식이었다.

935,100,730+703,617,302은?

7,547,046×60,160은?

곧 제갈운의 얼굴에 스산한 안광이 스친다.

두뇌 풀가동!

하지만 깔끔한 뇌 정지!

갑작스런 난이도 증가에 신기제갈가의 소제갈도 어쩔 수가 없는 터.

지진을 만난 듯 흔들리는 동공이 가히 애처로울 지경이다.

중원 제일의 산법술을 구사하는 집단 신기제갈의 소제갈이, 현대의 초등학생들이라면 누구나 풀 수 있는 간단한 산수를 풀지 못하고 있었다.

이처럼 중원과 현대의 지적 간극은 엄청나다.

곧이어 간단한 풀이식을 시연해 보이는 조휘.

그 광경을 제갈운이 턱이 빠져라 벌어진 입으로 지켜보고 있었다.

"어, 어떻게 한 거죠?"

현대의 간단한 사칙연산 풀이식을 차근차근 가르쳐 주는 조휘.

그렇게 제갈운은 마치 구름을 떠다니는 듯한 지적 홀황을 만끽하며 탐욕스럽게 현대의 지식을 흡수하고 있었다.

"하!"

억(億)대의 계산이 이토록 자유로울 수가?

중원인의 상식으로는 정말 말도 안 되는 산법술이었다.

정말 미쳤다.

이런 산법의 세상이 있었다니!

이제야 깨닫는다.

예전에 객잔에서 조휘가 그토록 빨리 계산할 수 있었던 이유가 바로 이 산법술에서 비롯된 것임을.

"이게 끝이라고 생각하는 건 아니겠죠?"

조휘의 질문에 제갈운이 정신없이 고개를 끄덕였다.

물론 중원에도 산법의 체계가 없는 것은 아니다.

방전(方田), 속미(粟米), 쇠분(衰分), 소광(少廣), 상공(商功), 균수(均輸), 영부족(盈不足), 방정(方程), 구고(勾股) 등.

대표적인 중원의 산법 체계 '구장산술'에서도 다양한 입체의 부피를 구하는 방법과, 분수, 제곱근, 일차 방정식, 심지어 피타고라스의 정리까지 다루고는 있었다.

하지만 문제는 이 모든 계산 값을 구하는 산법의 체계가 너무 난해하고 복잡하다는 것이었다.

한데, 조휘의 산법술은 그 근본 자체가 달랐다.

너무나 간단하고 명료하며 또 직관적이다.

이런 조휘의 산법술이 중원에 전파된다면?

아마도 중원의 백성, 그들의 지적 수준이 몇 단계는 상승할 것이다.

그런 제갈운의 욕망을 읽었는지 조휘의 눈빛이 일변했다.

"이상한 생각은 하지 마세요. 모든 지식은 소수가 '선점'할 때 그 가치가 높아지는 겁니다."

자신이 무슨 혁명가나 정치가, 학자가 될 것도 아니었다.

사람들에게 아무런 대가 없이 현대의 지식을 펴 줄 생각은 눈곱만큼도 없는 조휘였다.

"당신이 이 산법술을 세상에 알린다면 다시는 제게 산법술을 배울 수 없을 겁니다."

"무슨 말인지 이해했어요."

사실 지금 조휘가 제갈운에게 가르침을 베푸는 데는 다 이유가 있었다.

월봉을 그만큼이나 줘야 되는 만큼 반드시 큰일에 그를 써야(?) 하는 터.

"그런데 소검주는 왜 이리 늦는 거죠?"

진시(辰時) 전에 모두 모이기로 했는데 아직도 남궁장호의 기별이 없었다.

이미 진시가 지나간 지 오래였던 것.

"시간 약속을 어길 사람은 아닌데."

호랑이도 제 말 하면 온다더니 어느덧 이 총관의 안내를 받으며 남궁장호가 회의장으로 들어서고 있었다.

"죄송하오. 좀 늦었소."

곧이어 그를 뒤따라오는 거대한 근육 사내.

"안녕하시오 형님! 어, 제갈 형도 계셨구려?"

연신 가슴 근육을 씰룩이며 호탕하게 웃고 있는 근육 사내는 역시 장일룡이다. 기색을 보아하니 남궁장호와 함께 온 듯 보였다.

그때, 장일룡이 제갈운을 향해 벼락처럼 다가가 포권한다.

"헛!"

본능적으로 올라가려던 손을 필사적으로 참아 내는 제갈운!

장일룡이 흡족한 얼굴로 탄성을 내뱉었다.

"키야! 과연 제갈 형! 잘 참아 내셨수!"

"……."

제갈운의 두 눈에 짙은 눈 그늘이 드리워진다.

이게 도대체 뭐라고 칭찬까지 받아야 되는 건지.

"이 아침부터 무슨 일입니까? 장 부장님?"

조휘의 질문에 잠시 머뭇거리던 장일룡이 결심한 듯 두 주먹을 움켜쥔다.

"내 아무리 생각해 봐도 말이우. 형님들만 보내기가 영 찝찝해서 미치겠단 말이지. 그 시꺼먼 놈들이 얼마나 약은 줄 아시오? 흑도사파라면 나보다 더 잘 아는 사람도 없으니 나도 강서행에 끼워 주시오."

"흠……."

일리가 있는 말이었지만 문제는 합빈관이었다. 합빈관은 그 특성상 지배인(?)이 없으면 돌아가지 않는다.

"합빈관의 관리 문제라면 이제 슬슬 금보 녀석에게 맡겨 보는 것이 어떻겠수 형님?"

조휘가 고개를 갸웃거렸다.

"홍금보? 성과도 가장 약한 그 녀석이 관리라고요? 그 무슨 말도 안 되는?"

"그놈은 영업보다 경영에 더욱 소질을 보이는 놈이우. 내 안목을 한번 믿어 주시오 형님."

합빈관에 관한 한 장일룡의 안목은 절대적이었다.

그런 장일룡이 믿어 볼 만한 사내라 말한다면 조휘로서도 쉽게 무시할 수가 없었다.

"좋습니다. 함께 가도록 하죠."

"오오!"

사실 장일룡의 합류는 여건만 된다면 오히려 조휘 쪽에서 먼저 바라는 일이었다.

  흑도사파에 몸담았던 장일룡의 경험은 그만큼 소중한 자산.

  조휘가 모두를 찬찬히 훑어보았다.

  어지간한 흑도의 고수라면 저 비대한 근육과 노안만으로 주춤거리게 만드는 장일룡!

  비록 행동은 좀 허술하지만 화경(化境)에 근접한 무위를 지닌 남궁장호!

  최강의 천재 후기지수 소제갈 제갈운!

  게다가 합비의 상권을 송두리째 거머쥔 거상이자 절대경의 고수인 자신!

  "크! 그야말로 어벤져스가 따로 없구만!"

  제갈운이 고개를 갸웃거렸다.

  "아벤저스? 그게 뭐예요?"

  조휘가 피식 웃으며 가장 먼저 앞으로 나섰다.

  "그럼 돈지랄하러 가 볼까요?"

  그렇게, 흑천련의 지옥을 알리는 발걸음이 시작되었다.

16 章.

하늘과의 경계조차 희미한 광활한 수평선.

동정호와 더불어 중원의 양대 담수호인 포양호를 바라보고 있자면 가히 바다를 보는 것 같은 경이로움에 휩싸인다.

그런 포양호를 응시하는 독매홍(毒魅紅) 진가희(秦佳喜)의 창백하리만치 새하얀 얼굴에는 홍조가 가득했다.

아침을 알리는 햇살로 반짝이는 포양호의 파랑들.

수면 위로 흩날리는 물안개의 그윽한 물내음.

그 아름다움, 이 상쾌함에 더없이 기분이 좋아진다.

새벽녘 바라보는 포양호.

긴 머리를 쓸어 올리며 그 광경을 눈에 담고 있자면…….

51

호호호! 이게 바로 강호의 낭만이지.

방해받고 싶지 않은 시간, 그녀의 소소한 행복은 그리 오래 가지 못했다.

"싯펄년. 매일매일 아침마다 지붕 위에 올라가서 머리 풀고 분위기 잡는 건 여전하네. 야 그거 겁나 귀신 같거든?"

곧바로 진가희의 살기가 처마 아래를 향한다.

한 자루의 거대한 쇄겸(鎖鎌)을 등에 맨 채 다리를 탈탈 털고 있는 흑의 사내.

그는 소마겸(少魔鎌) 염상록(廉常綠)이었다.

촤르르르.

진가희가 독기 가득한 눈으로 소매 속에 감춰져 있던 핏빛 채찍을 꺼내 들었다.

그녀의 독문병기인 혈강편(血剛鞭)이다.

"그래 이 싸늘한 년아. 네년은 그게 어울려. 나라고 네년이랑 말 섞는 게 좋을 리가 있겠냐? 분위기 잡지 말고 빨리 내려와라."

탓!

신법을 일으켜 가볍게 바닥에 착지한 진가희가 빼어 든 채찍으로 지면을 후려쳤다.

촤아악!

"다시 읊어 봐요."

염상록이 주춤 물러났다.

"으으…… 찔러도 피 한 방울 안 맺힐 저 창백한 낯짝 좀 보소. 겁나 강시 같은 년. 개소름 돋는 년."

촤아아악!

진가희가 내가진기를 일으키자 채찍이 영활한 뱀처럼 너울거렸다.

"다시 읊어 봐. 짝불알 병신아."

"이런 싯펄년이?"

염상록도 살기 그득한 눈으로 쇄겸을 빼어 길게 늘어뜨린다.

잊을 만하면 '그 사건'을 언급하는 저년과는 도저히 친해질래야 친해질 수가 없다.

"또 어떤 기생 년이 줄 듯 말 듯 약이라도 올렸나? 아침부터 왜 나한테 지랄이세요?"

"하! 시집도 안 간 년이 음탕한 혀 놀림 좀 보소. 그래서 네년이 인기가 없는 거야!"

진가희가 채찍에 주입했던 공력을 거둬들이며 표독하게 쏘아붙였다.

"됐고. 용건만 간단히 해요. 시답잖은 용건이면 나머지 한쪽도 터뜨려 줄라니까."

"헛!"

자신의 하체에 닿아 있는 그녀의 끈적거리는 시선에 주춤 뒤로 물러나는 염상록.

하나밖에 남지 않은 한 남자의 인생, 그 전부를 저리도 아무렇지도 않게 없애겠다니!

저년의 사부인 독편살왕(毒鞭殺王)조차 저년을 멀리한다 들었다. 과연 보통 사갈 같은 년이 아니었다.

곧 염상록도 빼어 든 사슬낫을 거둬들인다.

"이 포양호 일대에 금귀(金鬼)가 나타났다."

"금귀?"

살귀(殺鬼)나 악귀(惡鬼)면 몰라도 금귀는 또 처음 들어본다.

진가희가 호기심을 드러냈다.

"물을 흐리는 놈들이 나타났다는 건가요?"

"몰라 씻펄! 위에서 그렇게 부르길래 나도 그냥 그렇게 부르는 거다. 아무튼 그놈이 포양호 일대의 땅을 무지막지하게 사고 있어."

"땅?"

돈만 많은 초보 상단의 전형적인 병신 짓이다.

아무리 땅을 매입해서 객잔과 기루, 도박장을 열어 본들 이 포양호의 지배자인 흑천련의 허락 없이는 그 어떤 사업장도 운영이 불가능한 터.

"또 죄다 털리고 떨어져 나가겠죠 뭐. 그런 병신들이 한두 번 나타난 것도 아닌데 굳이 우리까지 신경 쓸 것 있나요?"

"그 병신 짓이 이백만 평(坪)인데?"

"뭐라고요? 이백 만?"

동그랗게 눈을 뜨고 있는 진가희.

이백만 평이면 포양호 전체 상권의 사분지 일이다.

"또 황실 출신 관인(官人) 같은데?"

간혹 황실에서 엄청난 위세를 누리던 관인들 중에 평생 모은 재화로 사업을 하려는 자들이 있었다.

관인 출신과 부딪히는 것이 좀 껄끄럽긴 해도, 그렇다고 흑천련이 걸어오는 싸움을 피하는 편은 아니었다.

"공부시랑(工部侍郎)을 지낸 그 대단한 단우명조차도 그렇게 개털리고 쫓겨났는데 또 누가 오겠냐?"

아무리 성대하게 장사를 열어 본들 흑천련이 대놓고 협잡하면 버틸 수가 없었다.

공부시랑의 객잔에서 밥 먹는 놈들을 흑천련에서 주시하고 있다는 소문이 파다한 마당에 누가 팔자 좋게 그곳에서 밥을 먹을 수 있단 말인가?

"웃기는 놈들이네. 설사 이백만 평의 땅을 사 본들 거기서 뭘 할 수 있을 거라 생각하는 거죠?"

"몰라. 암튼 위에서 우리보고 그놈을 만나 보래."

"네? 왜죠?"

마겸왕의 제자 소마겸 염상록.

독편살왕의 제자 독매홍 진가희.

이들은 흑천련이 자랑하는 팔대고수, 즉 흑천팔왕(黑天八

王)의 제자들이었다.

흑천련에서 이들의 위치는 결코 가볍지 않은 것이다.

"우리 땅도 사고 싶다네?"

"우리 땅?"

진가희가 눈을 동그랗게 떴다.

흑천련 소속인 자신들이 땅을 가질 수는 없다. 모두가 련(聯)의 재산일 뿐.

"설마 그놈들이 흑천련의 땅을 사기 위해 협상을 해 온다 그 말인가요?"

"그렇다네?"

"와! 뇌수가 터져 버린 놈들일까요?"

염상록이 소름 돋는다는 듯한 얼굴을 했다.

"으 천하에 잔인한 년. 넌 왜 말을 해도 항상 표현이 그따구냐?"

입술을 삐죽거리는 진가희.

"머리는 지가 훨씬 많이 터뜨린 주제에."

무기의 특성상 훨씬 피를 많이 보는 쪽은 채찍보다는 사슬낫이다.

이 허술해 보이는 사내의 쇄겸술은 시시껄렁한 평소의 모습과는 달리 극도로 잔인하다.

"됐고. 빨리 준비해라. 그놈들이 곧 오기로 했으니까."

"여기로? 흑천련 제일지부(黑天聯 第一支部)인데요?"

"그렇다니까?"

진가희가 호들갑을 떨었다.

"우와! 이따가 그 낫 좀 빌려줘요. 배를 갈라 그놈들 간 크기 좀 재 볼라니까."

"으 냉혹한 년."

진가희가 차갑게 눈을 흘긴다.

"소마겸과 독매홍 중에 누가 더 냉혹하고 잔인한지 애들에게 인기투서 해 볼래요?"

염상록은 정말로 소름이 돋은 얼굴을 했다.

"야 이 창백한 년아! 그걸 '인기'투서라고 말할 수 있는 자체로 이미 정상이 아닌 거야!"

"됐고, 그래서 그 새끼들 어디로 온데요?"

염상록의 시선이 거대한 호수 변 끝자락을 향했다.

"어향루(漁香樓)."

◆　◈　◆

상단의 귀공자로 행세하고 있는 조휘와 총관 역할의 제갈운.

짐꾼으로 변장한 장일룡과 호위무사 역의 남궁장호.

조휘 일행은 하나같이 긴장한 얼굴로 굳어 있었다.

두 달 동안 강서성의 온갖 난다 긴다 하는 거상(巨商)들을 만나 봤지만 그 긴장감만큼은 단연 오늘이 최고였다.

흑천련의 본단인 제일지부.

그곳의 간부를 처음으로 만나는 자리였던 것이다.

지난 두 달간은 정말로 전쟁이었다.

이곳 남창의 사람들은 정파의 영역인 합비와는 그 성향 자체가 완전히 달랐다.

실컷 웃는 얼굴로 땅을 팔기로 해 놓고 살수들을 동원해 뒤통수를 치지를 않나, 협상하는 자리에서 차에 독(毒)을 타질 않나, 아예 처음부터 대놓고 칼을 들이대질 않나.

저자거리에서는 심심하면 칼이 휭휭 날아다니며 싸움이 일어났고, 여기저기서 여인들의 뾰족한 비명 소리가 끊임없이 들려왔으며, 훔친 전낭을 손에 들고 미친놈처럼 달아나는 놈이 심심치 않게 눈에 보였다.

그냥 모두 다 미친놈 같았다.

오직 힘의 논리만이 지배할 뿐, 기본적으로 협상을 한다거나 명분에 따른 구분이 없었다.

과연 흑도사파(黑道邪派)라더니 그 사악한 민심에 남궁장호와 제갈운은 그야말로 정신이 붕괴될 지경이었다.

'무림맹이 어떻게 이런 곳을 방치할 수가 있지?'라는 생각만이 내내 뇌리를 지배했던 것.

하지만 무림맹도 삼패천은 어쩔 수가 없는 것이다.

한데, 그런 미친놈들 중에서도 가장 미친놈들이라 할 수 있는 자들을 오늘 만나기로 한 것.

오히려 긴장되지 않는 게 이상한 일이다.

"저놈인 것 같아요."

제갈운의 나지막한 목소리.

어향루의 주렴을 걷으며 들어서는 흑의 사내를 향해 주변의 모두가 눈을 깔며 허리를 숙이고 있었다.

거대한 사슬낫(鎖鎌)을 등에 맨 채로 오만한 얼굴로 주변을 바라보던 흑의 사내가 문득 이층으로 시선을 옮긴다.

이에 조휘가 자리에서 일어나 가볍게 목례를 했다.

이를 드러낸 채 씨익 웃던 흑의 사내.

곧 그가 이층으로 올라오더니 사슬낫을 휙휙 돌리며 거칠게 짓쳐 온다.

콰쾅!

덜덜덜!

조휘 일행의 탁자에 꽂힌 거대한 사슬낫!

얼마나 세게 후려 박았는지 한참이나 덜덜 떨리며 잔인한 칼날을 드러내고 있었다.

"너냐? 우리 땅 사고 싶다는 놈이?"

비릿한 미소로 조휘를 바라보고 있는 염상록.

"일단 앉으시죠."

드르륵.

의자를 꺼내 눈짓하는 조휘를 염상록이 끈질기게 바라본다. 그의 두 눈에 가득 물든 것은 호기심.

"와, 겁나 강인한 새끼 보소? 내가 누군지 뻔히 알면서도 쫄지를 않네?"

이 빌어먹을 사파 새끼들은 하나같이 일단 기선 제압부터 하려고 든다.

조휘는 지금까지 이런 놈들을 너무 많이 봐 왔다. 이제는 좀 식상할 지경.

그렇게 조휘 일행을 살피는 염상록의 매서운 두 눈에 순간적으로 이채가 스친다.

"호오? 쫄지 않는 이유가 있었네?"

어느덧 강렬한 투기를 내뿜고 있는 호위무사.

깊게 눌러쓴 삿갓.

예리한 기도.

과연 그 기세가 범상치 않았다.

"일단 이곳까지 오셨다는 건 제 말을 한번 들어는 보겠다는 뜻이 아닙니까?"

그도 그렇다는 듯 고개를 끄덕이던 염상록.

곧 그가 의자에 앉아 탁자 위에 다리를 올리며 침을 찍 뱉었다.

"어디 한번 읊어 봐."

제갈운이 난감하다는 듯한 얼굴로 탁자 위에 박혀 있는 거대한 쇄겸을 눈짓했다.

"지도를 펼쳐야 하는데 이것 좀 치워 주실 수 있겠습니까?"

염상록이 피식 웃으며 쇄겸 끝에 달려 있는 쇠사슬을 당기자.

<u>촤르르르르!</u>

그 무거워 보이는 낫과 쇠사슬 뭉치가 질서정연하게 감기며 곧 그의 등에 갈무리되었다. 그야말로 귀신같은 솜씨가 아닐 수 없었다.

"됐지?"

이에 제갈운이 포양호가 그려진 커다란 지도를 탁자 위에 펼쳤다.

펼친 지도를 유심히 바라보던 염상록의 두 눈에 황당함이 서렸다.

"설마 저기 표시된 부분. 지금 저걸 다 사겠다는 거냐?"

제갈운이 고개를 끄덕인다.

"맞습니다."

"뭐야 미친! 이거 완전 또라이 새끼들 아냐?"

지도에 표시된 영역은 흑천련의 제일지부가 지니고 있는 땅이 포함된 포양호 상권의 절반 이상이었다.

"호호!"

어디선가 여인의 웃음소리가 들려오자 이를 살피던 짐꾼 장일룡이 기겁을 했다.

"으악! 시발 깜짝이야!"

창틀 밖에 매달린 채 호기심 어린 얼굴로 지도를 바라보고 있는 여인.

새하얗다 못해 뼛속까지 보일 듯 창백한 그녀의 얼굴은 도무지 사람 같아 보이지 않았다.

'뭐, 뭐야? 저 여자는?'

조휘 역시 놀라긴 마찬가지.

분명 예쁘다고 할 수도 있는 얼굴이었지만 왠지 모르게 등줄기에 소름이 돋아나는 여자였다.

시리도록 투명하고 창백한 피부.

마치 과거에 봤던 공포영화, 여고괴담에 나오는 처녀귀신 같은 모습인 것이다.

"하…… 등장도 꼭 그런 식으로 해야 하냐? 아주 그냥 숨이 멎겠다 이 싸늘한 년아. 도대체 지붕 위를 왜 그렇게 좋아하는 거냐?"

휘리릭.

진가희가 사뿐한 몸놀림으로 들어오더니 삿갓무사 남궁장호를 고갯짓으로 가리키다 염상록을 쳐다본다.

"저 삿갓만 재끼면 요놈들 돈 전부 우리 거잖아요? 저 혼자는 안 될 것 같은데…… 합공하실래요?"

"으 지독한 년. 넌 어떻게 사람 면전에서 죽일 계획을 세우냐?"

진가희가 오른손에 휘감겨 있던 기다란 채찍을 휘리릭 풀며 눈을 희번덕 뒤집었다.

"닥쳐 짝불알 새끼야. 합공할 건지 말 건지 결정이나 해."

촤아아아악!

쩌저적!

채찍질로 이층의 바닥이 갈라지자 염상록이 기겁하며 의자를 내팽개치더니 몸을 추슬렀다.

"이런 쌍!"

곧 그가 퉤 하고 침을 뱉더니 눈을 부라렸다.

"야 이 개념 없는 년아. 그놈의 채찍은 왜 늘 적아(敵我)를 구분 못 해?"

촤르르르르!

"이렇게 어! 딱 어! 조준 못 하냐고!"

곧 그의 길게 늘어뜨린 쇄겸이 남궁장호를 향해 엄청난 속도로 쏘아진다.

"호호호호!"

촤아아아아!

진가희의 채찍도 영활한 뱀처럼 남궁장호를 휘감으려는 그때.

텁! 탓!

양손으로 가볍게 채찍과 사슬낫을 막아 낸 조휘가 씁쓸하게 웃고 있었다.

"이건 뭐 사람 새끼들이 아니구만."

"이, 이제 보니 진정한 형님은 따로 계셨네."

애써 씨익 웃으며 평정심을 꾸며 내지만 염상록은 내심 기절할 듯 놀라고 있었다.

하마터면 쇄겸의 쇠사슬을 놓을 뻔했을 정도.

흑도의 사내로 살아오며 별별 일을 다 겪었지만, 자신의 수라살마겸(修羅殺魔鎌)을 한 손으로 막아 내는 자가 존재하리라고는 생각지도 못했다.

게다가 그게 끝인가?

저 싸늘한 년의 사독칠절편(邪毒七絶鞭) 역시 자신과 엇비슷한 경지.

지금 눈앞의 상대는 그걸 동시에 막아 낸 것이다.

뭐 막아 낼 수 있다 쳐도 어떤 충격이라도 있었으면 이해하겠는데, 자신의 칠 성 공력이 깃든 쇄겸을 무슨 젓가락 잡듯 하고 있지 않은가?

더욱이 유리알처럼 투명한 상대의 차가운 두 눈을 보고 있자니 등줄기마저 축축하게 젖어 왔다.

짐작할 수 없는 그 무위만큼이나 두려운 눈빛. 그야말로 보통 사내가 아닌 것이다.

"앉아 시발아."

"네."

착!

날랜 몸놀림으로 의자를 바짝 당겨 앉은 염상록.

그를 응시하는 조휘의 얼굴이 더욱 차가워졌다.

이 얄팍한 사파 새끼들에게는 절대 빈틈을 보여 줘서는 안 된다.

힘을 드러낸 이상 철저하게 밟아야 뒤탈이 없었다.

그것은 지난 이 개월 동안 뼈저리게 느낀 조휘의 경험이었다.

"그 낫 창밖으로 던져."

"좀, 아니 많이 비싼 건데요?"

"던져."

"네."

휘이이익!

쿵!

이를 지켜보던 남궁장호가 혀를 내둘렀다.

무인의 생명이라 할 수 있는 독문병기를 헌신짝처럼 내버리라고 명령하는 조휘나.

버리랬다고 일말의 망설임도 없이 창밖으로 던져 버리는 사파 놈이나 도무지 정상인들이 아니었다.

"처녀귀신. 너도 앉아."

조휘의 차가운 음성에 진가희가 발그레 홍조를 그렸다.

"힛! 처녀래!"

처녀 뒤에 따라붙은 '귀신'이라는 단어는 신경도 쓰지 않는단 말인가?

이 와중에도 저렇게 긍정적인 부분을 찾아 기분이 좋아질 수 있는 걸 보면 보통 미친년이 아니었다.

곧 조휘가 내력을 일으켜 움켜쥐고 있던 진가희의 채찍을 단숨에 빼앗아 창밖으로 던져 버렸다.

지들이 나중에 회수를 하건 말건 일단 이 자리에서는 무조건 무기를 다 빼앗아야 했다.

이 빌어먹을 사파 새끼들은 허술해 보이는 행동을 하면서도 쉴 틈 없이 눈알만 굴린다.

"잔대가리 굴리는 소리 여기까지 들린다 이 새끼야. 내가 너 같은 놈들 한두 번 상대하는 줄 아나?"

"싯펄! 내가 뭐!"

눈치를 보던 염상록이 뜬금없이 일층의 점소이를 향해 두 눈을 부라렸다.

"싯펄! 내가 뭐! 내가 언제 부순 물건 배상 안 해 준 적 있냐!"

조휘의 두 눈이 가늘게 찢어졌다.

"개수작 부리지 말고 그 입 다물어라."

"네. 형."

"형님 이 새끼야."

"네. 형님."

이렇게 싸움이 일단락되자 어향루 내부가 다시 웅성웅성 인기척으로 북적였다.

그제야 점소이가 종종걸음으로 조심스럽게 다가와 주문을 받았다.

"헤헤! 주문은 무엇으로 도와 드릴깝쇼?"

조휘가 뭐라 말하려는 찰나.

"요리는 금린어탕, 어향장육, 팔선채. 안주는 어전, 육전 섞어서 서너 개. 술은 칠매주와 구화모태주로 가져와."

빠각!

조휘가 염상록의 뒤통수를 찰지게 후려갈기더니 점소이를 향해 예의 차가운 눈을 빛냈다.

"다 취소. 죽엽청 두 병 끝."

"아, 아니 그렇게 부자면서?"

포양호 상권의 반을 사겠다는 인간이 달랑 죽엽청 두 병?

"야 이 새끼야. 너 같으면 보자마자 죽이려고 칼부터 들이밀던 인간들에게 비싼 거 사 주고 싶겠냐? 그리고 귀신. 넌 왜 계속 서 있나?"

"의자가 없잖아요."

염상록이 얼얼한 뒤통수를 만지면서 진가희를 향해 눈을 부라렸다.

"지가 다 부숴 놓고 자랑이다 이 차디찬 년아. 어휴 싯펄 저 년만 보고 있으면 한여름인데도 겁나게 추워요."

탁!

장일룡이 탁자를 치는 소리다.

"거 싯팔 새끼 말 존나게 많네. 형님 그냥 혈도 짚어 버리쇼."

"엇? 이건 또 뭐여? 너도 그냥 짐꾼이 아닌 거여?"

상체가 숙여지며 축 늘어진 장삼 사이로 드러난 가슴골이 실로 장난이 아니었다.

풍성한 장삼을 입고 있어 그냥 돼지 새낀 줄로만 알았는데 그게 다 근육이었다고?

염상록은 상대가 엄청난 외공을 익힌 몸이라고 확신하는 눈치였다.

조휘가 자신의 의자를 밀며 진가희를 향해 말했다.

"시선 끌지 말고 좀 앉아라."

진가희가 귀신처럼 창백하게 서 있으니 어향루 내의 모든 사람들이 오한이 치민 얼굴로 힐끗힐끗 쳐다보고 있었다. 사람이 맞는지 계속 확인하고 싶은 것이다.

"호호! 고마워요."

소란이 잦아들자 조휘의 질문이 이어졌다.

그로서는 포양호의 부지 매입 문제보다 더 빨리 확인하고 싶은 것이 있었다.

"흑천련에서 외부로 빠진 전력. 지금 어디에 있는 거지?"

조휘 일행은 지난 두 달간 정신없이 땅을 매입하면서도 은밀하고 끈질기게 은봉령을 추적하고 있었다.

하지만 그 어떤 흔적도 발견할 수 없었다.

은봉령 고유의 표식이 새겨진 곳들을 모두 살폈지만 죄다 끄나풀을 엮기 위한 역추적의 함정이었다.

물론 성과가 아예 없는 것은 아니었다.

수많은 상단들을 돌며 흑천련에 유입되는 식자재를 살피던 제갈운이 흑천련의 병력 상황을 정확하게 유추해 낸 것이다.

　그로 인해 흑천련 본단에서 빠져나간 전력의 규모를 단숨에 파악할 수 있었다.

　"흑천련의 삼천(三千) 병력이 어디에 숨었냐고 이 새끼야."

　순간, 염상록의 두 눈이 강렬하게 빛났다.

　"이 새끼들 혹시 정파 놈들 아니야?"

　흠칫!

　남궁장호는 하마터면 검을 뽑을 뻔했다.

　그의 거친 목소리로 인해 어향루의 모든 시선이 또다시 집중된 상황!

　그때 장일룡이 자신의 장삼을 거칠게 벗어재꼈다.

　곧 그의 광활한 등판에 수놓아진 붉은 곰 문신이 드러난다.

　"싯팔! 뭔 개 눈깔도 아니고 이래도 우리가 정파로 보이우?"

　남궁장호와 제갈운이 가늘게 한숨을 내쉬었다.

　실로 감각적인 임기응변!

　"적웅(赤熊)! 하하! 녹림이었구나!"

　붉은 곰을 몸에 새길 수 있는 자는 녹림대왕의 최측근밖에 없는 터.

　염상록이 만면에 호감을 드러내고 있었다.

　그 모습을 쳐다보던 장일룡은 내심 의아한 생각이 들었다.

　포양호의 상류, 장강(長江)의 영역을 두고 오랜 세월 녹림과 반목해 온 것이 흑천련. 때문에 자신에게 이런 호감을 보이는 것이 이해가 되지 않았던 것이다.

반갑게 미소 짓던 염상록이 곧 고개를 갸웃거린다.

뭔가 앞뒤가 맞지 않았던 것.

"가만 싯펄? 그런데 왜 녹림도가 우리의 병력을 물어보는 거지? 게다가 곧 물이 불어나는데 지금 당신들이 여기에 있으면 안 되지 않나? 우리 땅은 또 왜 사는 거고?"

장일룡의 얼굴이 굳어졌다.

녹림도가 여름 장마철에 불어나는 물을 기다린다는 것은 단 하나만을 의미했다.

산적(山賊)이 수적(水賊)으로 변할 때다.

포양호의 상류를 비껴 관통하는 곳은?

'안휘?'

녹림이 불어나는 장강을 타고 안휘의 남궁세가를 친다고?

유구한 녹림의 역사에 몇 번 없었던 일이었다.

흑도사파에서 녹림의 위상이 가장 강성할 때나 가능했던 도전.

삼패천의 위세에 눌려 약해진 지금의 녹림으로서는 결코 불가능한 일이다.

장일룡이 짐짓 너스레를 떨었다.

"거 당신이나 나나 위에서 까라면 까는 것이지 의지대로 할 수 있는 게 뭐가 있겠수?"

"그건 그렇지. 지들 멋대로 싸우고 화해하고…… 하여튼 싯펄 애새끼들보다 더 변덕스러워요."

화해?

오히려 정파보다 흑천련을 더 싫어했던 것이 자신의 사부였다. 황당했지만 장일룡은 애써 내색하지 않았다.

"하하! 이(利)만 맞는다면 은원쯤은 잠시 접을 수 있어야 흑도의 사나이라 할 수 있지 않겠수!"

염상록이 묘하게 웃다가 그도 그렇다는 듯 호쾌하게 탁자를 쳤다.

탁!

"그렇군! 그랬어! 그래서 당신들이 땅을 매입하는군!"

확신에 찬 얼굴.

드디어 알아냈다는 득의의 미소.

"그럴,만도 하지. 우리에게 그 아끼던 당천포(當千浦)를 숙영지로 내어 주고 녹림의 장정도 칠천이나 동원했는데 함께 안휘만 도모할 수 있다면 충분히 우리 련주께서 우의(友義)를 베풀 만하지."

한데 염상록이 묘한 얼굴로 고개를 갸웃거렸다. 뭔가 계속 찝찝함이 남아 있는 눈치였다.

"아무리 그래도 그 욕심 많은 우리 련주께서 포양호의 상권, 그 절반을 포기할 사람이 아닌데…… 그리고……."

검집을 잡고 있던 남궁장호의 손에 힘이 잔뜩 들어간다.

간헐적 천재, 장일룡의 뛰어난 임기응변을 통해 드디어 모든 일의 전모를 알아낸 것이다.

그때, 조용히 듣고만 있던 진가희가 입을 열었다.

"당신이 녹림도인 건 알겠어요. 하지만 저 개새…… 아니 저 오빠는 왜 다짜고짜 우리에게 흑천련의 병력을 추궁했던 거죠?"

조휘가 씨익 웃었다.

"잠시 시험해 본 것뿐이다. 흑천련이 보낸 간부라는 것을 쉽게 믿을 수 있어야 말이지."

"아?"

"아항?"

과연 그도 그렇다는 듯 염상록과 진가희가 고개를 끄덕이고 있었다.

이처럼 긴밀한 말들을 주고받으려면 사전 탐색은 필수 아니겠는가?

'큰일이다!'

이 모든 것을 지켜보고 있는 제갈운의 두뇌가 맹렬히 회전하고 있었다.

녹림의 병력 칠천.

흑패천의 병력 삼천.

정확히 일만(一萬)의 병력이다.

이들이 불어난 장강의 물길을 타고 일거에 안휘를 친다면?

소름이 돋았다.

무림사에 대전(大戰)으로 남을 만한 전투가 일어나는 것이다.

문제는 현재 안휘에 무림맹의 병력이 없다는 것.

남궁세가가 동원할 수 있는 병력은 오백을 넘지 못했다. 그것이 일가(一家)의 한계.

지금이라도 당장 맹으로 뛰어가 이 소식을 전해야만 했다.

"자, 그럼 탐색전도 끝났으니 일 얘기를 시작해 볼까?"

비릿한 조휘의 미소.

언제 출정할 계획인지, 첫 번째로 점령할 포구는 어디인지, 묻고 싶은 것이야 산더미처럼 많았지만 애써 참을 수밖에 없었다.

계속 민감한 질문을 하다 보면 필연적으로 또 다른 의심을 살 수밖에 없는 것이다.

"네놈들이 혹천련 제일지부의 모든 전권을 쥐고 온 건가?"

그런 조휘의 질문에 염상록이 잠시 미묘한 표정을 지어 보이더니 고개를 끄덕였다.

"지부장이 직접 우릴 보냈으니 아마 그럴 거요."

조휘의 두 눈이 차갑게 침잠했다.

"아까 지도는 다 봤을 것이고. 모두 얼마면 팔래?"

"아니, 팔라는 말은 없었는데?"

"이 새끼가?"

조휘가 손을 들자 염상록이 자라목처럼 움츠러들었다.

"진짠데요. 그냥 어떤 놈들인지 보고 오라고만 했지 땅을 팔고 오라는 말은 없었는데요."

그도 그럴 것이 흑천팔왕의 제자들을 보낸 마당이었다.

흑천련 고수를 둘씩이나 보냈는데 협상의 주도권을 빼앗기리라고는 생각지도 못했을 것이다.

일개 상인이 이들의 합공을 간단하게 막을 것이라고 예상이나 할 수 있었겠는가?

지금의 광경이 벌어질 걸 알았다면 아마 제일지부장 본인이 직접 왔을 것이다.

"전권을 쥐고 왔다는 놈들이 땅을 팔지 말지 결정도 못 해? 이 새끼들 그냥 애기들 아니야?"

"뭣이!"

"힛! 애기래!"

마침내 염상록이 폭발하며 참았던 속내를 드러냈다.

"이런 싯펄! 녹림의 곤궁함을 내가 모를 줄 아나! 비루한 니들이 무슨 돈이 있다고 포양호를 절반이나 사냐고 이 미친 새끼들아!"

회까닥 뒤집어진 그의 두 눈이 장일룡을 향한다.

"어디 말해 봐 이 근육 녹림 새끼야! 위로는 무림맹 아래는 삼패천! 니들의 쪼그라든 그 영역으로 그 많은 녹림도들을 어떻게 다 먹여 살리냐? 벌써부터 피죽도 못 먹는 거 다 알고 있거든? 그래서 이번에 영혼까지 끌어모아 이판사판 정파 한번 쳐 보는 거 아니야?"

그의 고개가 다시 조휘를 향해 부서질 듯 꺾어졌다.

"게다가 너처럼 어린 녹림 새끼가 초절정 고수 둘의 합공을 간단하게 막아 낸다고? 싯펄 무슨 화경이라도 된다는 거야? 그런 놈이 녹림에 있다고? 나는 금시초문인데? 장단을 맞춰 주려고 해도 도무지 말이 돼야 말이지! 도대체 정체가 뭐냐! 정체가 뭐냐고 이새끼들아아아!"

"이 새끼가 실성을 했나?"

조휘가 다시 내공을 끌어올린 그때.

"여, 여기 죽엽청 가져왔습죠."

소란스러운 조휘 쪽을 피해 남궁장호의 앞에 죽엽청 두 병을 내려놓은 점소이가 공손히 뒤로 물러나며 포권을 했다.

"……그럼 좋은 시간 보내십쇼."

삿갓 무사가 마주 포권했다.

"고맙소이다."

순간 장내가 얼어붙는 듯한 정적으로 휩싸인다.

"…….."

"…….."

염상록이 찢어질 듯 부릅뜬 눈으로 발악하듯 소리쳤다.

"저, 저, 저, 정파 새끼들 맞잖아! 야 이년아! 일단 튀어 싯펄!"

◆ ◆ ◆

문득 염상록은 자신의 영광스러운 과거를 떠올리다 거하게 취해 버렸다.

'크…… 그저 지렸지.'

약관의 나이로 출도하자마자 전광검노(戰狂劒老)의 모가지를 땄던 일.

수십 척의 배에 구멍을 내어 관의 대선단을 침몰시킨 일.

흑천팔왕의 제자들 중 가장 먼저 흑살(黑殺)의 칭호를 하사받은 일.

호기롭게 검패왕(劒覇王)의 제자 군패검(君覇劒)에게 도전했다가 불알이 터진 일.

이런 싯펄?

잘나가다가 그건 또 왜 떠오르냐?

장일룡이 그렇게 실실 웃다 인상쓰다가를 반복하는 염상록을 쳐다보다 혀를 내둘렀다.

"이 와중에도 웃음이 나오는 걸 보면 이 새끼들은 진짜 미친 것 같수. 우리 대산(大山)에도 미친놈들은 많았지만 살다 살다 이 정도 또라이들은 또 처음이우."

모가지만 달랑 내놓은 채 땅속 깊이 파묻혀 있는 염상록.

곧 그가 눈짓으로 맞은편의 진가희를 가리키며 발악했다.

"싯펄! 긍정적인 생각이라도 안 하면 죽을 것 같아서 그런

다 왜! 도대체 이년이랑 왜 마주 보고 파묻어 놓은 거냐! 인간이 해도 될 행동과 하지 말아야 할 행동이 따로 있지! 날 얼려 죽일 셈이냐?"

"닥쳐 짝불알 새끼야. 이게 사람 새끼 입 냄새야? 누군 좋은 줄 아나 보네. 아아아아앙!"

조휘가 혀를 차며 천근추(千斤錘)를 시전하고 있었다.

"쯧. 이년은 또 싸우는 척하면서 기어 나오려고 하네. 이제 지겨울 때도 되지 않았냐? 포기를 몰라?"

양어깨를 짓누르는 어마어마한 압력에 진가희가 최대한 애처로운 표정을 지어 보인다.

"아아아앙! 다시는 안 그럴게요! 천근추 좀 풀어 주세요!"

"어휴 이 처녀귀신 년. 다시 안 그런다는 소리가 도대체 몇 번째냐."

"힛! 처녀!"

봉황금선을 펼친 채 심각하게 골몰하던 제갈운이 결심한 듯 눈을 빛냈다.

"조 소협. 선택의 여지가 없어요. 곧 우기(雨期)예요. 서둘러 맹에 가야 해요."

"흠……."

"자칫하다가는 남궁세가 단독으로 사파의 일만 병력을 맞이할 수가 있어요. 빨리 이자들을 처리하고 움직이시죠."

장일룡이 의견을 보탰다.

"이놈들 흑천팔왕의 제자들이라는데 후환이 없겠수? 괜히 죽였다가 흑천련 놈들이 추적대라도 풀어 버리면 어떡할 작정이시우?"

남궁장호의 침중한 목소리도 들려왔다.

"이것저것 생각할 계제가 아니다. 시간을 끌다가는 본 세가가 너무 위험해."

안휘에는 남궁세가만이 있는 것이 아니다.

흑천련의 본래 목적은 조가대상회.

남궁세가는 먹음직스러운 조가대상회를 지키고 있는 장애물에 불과했다. 그렇기에 조휘의 얼굴은 한껏 굳어 있었다.

"와, 이 새끼들도 사람 아니네. 니들도 사람을 면전에다 두고 죽일까 말까 계획 세우는 거야 지금? 그냥 니들이 사파 해라?"

조휘가 품속의 서류를 꺼내 들었다.

"소마겸 염상록. 약관에 흑살(黑殺)의 칭호 획득. 흑천련 서열 이백 위권. 직책은 제일지부 흑천밀위(黑天密位). 허술한 입심과는 다르게 성정이 음험하고 지독히 잔인함."

잠시 후 몇 장을 더 넘기던 조휘가 이번에는 진가희를 응시했다.

"독매홍 진가희. 귀살(鬼殺)의 칭호 획득, 흑천련 서열 이백오십 위권. 직책은 제일지부 특살부령(慝殺副鈴). 성격은 알 수 없음. 야 넌 왜 성격이 생략이냐?"

대답은 염상록이 했다.

"딱 보면 모르냐? 그냥 머리에 꽃 꽂은 년이지. 그런데 어떤 새끼한테 샀어? 감히 흑천련의 정보를 내다 팔다니, 완전 미친 새끼네?"

조휘가 대꾸도 하지 않고 장일룡을 향해 시선을 옮겼다.

"기껏 해 봐야 서열 이백 위 밖의 애들이에요. 과연 이런 놈들 구하겠다고 흑천련이 따로 병력을 풀겠습니까?"

장일룡이 고개를 가로저었다.

"나이가 어려서 명목상의 서열이 낮을 뿐, 실제 위상은 훨씬 높은 놈들이우. 련주를 제외하고는 적수가 없다는 흑천팔왕의 제자들이니 반드시 찾으려 들 거요."

조휘는 골치가 아팠다.

풀어 주면 자신들의 정체와 목적을 떠벌리고 다닐 것이고, 그렇다고 죽이자니 흑천련이 추적대를 보낼 것 같다.

남창에 흑천련의 추적대가 편성되면 자신들의 행동반경은 더욱 좁아질 터.

마냥 머뭇거릴 시간도 없었다.

곧 우기가 닥치면 흑천련과 녹림의 연합 병력이 불어난 물길을 타고 안휘로 북상한다.

조휘가 짜증 섞인 얼굴로 남궁장호를 쳐다봤다.

"아니 왜 포권을 못 참는데? 도대체 왜? 그게 그렇게 어렵나?"

남궁장호가 말없이 삿갓만 더욱 깊게 눌러쓰며 무안함을 감췄다.

"이 새끼가!"

그 짧은 틈을 타 또다시 땅속에서 빠져나오려는 염상록을 발견한 조휘가 재빨리 신형을 움직여 그의 양어깨를 밟으며 천근추를 시전했다.

"아아아악!"

상체가 으스러지는 듯한 그 가공할 압력에 염상록은 정신이 아득해졌다. 지금까지의 천근추와는 차원이 다른 무게감!

"악! 싯펄 알겠다! 도, 도망 안 가면 될 것 아냐! 크아아아아악!"

고소하다는 듯 히죽히죽 웃고 있던 진가희가 문득 조휘를 올려다보았다.

"저 오줌 마려운데요. 그냥 싸요?"

"하……."

다 큰 처자를 속곳에 지리게 할 수도 없는 노릇이고 그야말로 미치고 환장할 지경!

조휘가 하는 수 없이 입을 열었다.

"일단 둘 다 나와라."

파팟!

말이 끝나기가 무섭게 땅속에서 솟구쳐 오르는 염상록과 진가희!

곧 조휘가 마치 군대에서 후임 다루듯 염상록에게 어깨동무를 했다.

"상록아. 이 새끼야."

"싯펄 왜?"

"형님 형님 잘하더니 말이 짧구나."

"이런 싯펄! 흑천련의 흑살인 내가 정파 놈들에게 존댓말 쓰리?"

갑자기 조휘가 내력을 끌어올리자 그의 백의무복이 미친 듯이 펄럭거린다.

"형님."

"그래."

염상록이 몸을 부르르 떨었다.

자신이 누군가?

흑도제일기재 군패검과 호각을 다투는 몸이다.

여섯 살 때부터 사파 최고의 겸술이라는 수라살마겸(修羅殺魔鎌)을 익혀 왔으며, 천(天)급 영약만 두 개를 복용하여 임독이맥을 타통, 끝내 이 갑자의 내공을 이루었다.

흑살(黑殺)들의 세계, 그 지독한 권력의 음모의 속에서도 살아남았고, 마침내 악랄한 묵호(墨虎)마저 재끼고 흑천밀위를 차지할 수 있었다.

적어도 동년배라면 자신의 적수가 없을 거라 생각했다.

한데 눈앞의 이 정파 새끼는 분명 자신과 비슷한 나이임에도 도저히 상상하지 못할 무공을 지니고 있었다.

극성의 내공으로 일으킨 수라섬전풍(修羅閃電風).

경공이라면 누구보다도 자신이 있었지만 결과는 너무도 어이가 없었다.

아니, '기절'이 말이 되나?

그냥 번쩍하는 느낌과 함께 깨어나 보니 야산에 파묻혀 있었다. 무슨 수법에 당한 건지 알 수도 없었다.

참 세상 한번 더럽다.

흑천련, 그 지옥의 틈바구니 속에서 평생 피 흘리고 노력해서 겨우 초절정의 고수가 되었는데 이 빌어먹을 정파 샌님 하나 못 재끼다니!

가진 놈들이 이래서 무섭다.

명문이라는 작자들이 얼마나 엄청난 지원을 했으면 이런 괴물 같은 놈을 길러 낼 수 있단 말인가?

"상록아. 내가 제안을 하나 하지."

"무슨 제안이요?"

조휘가 인심 쓴다는 듯 희게 웃었다.

"일단 죽이지는 않으마."

염상록의 얼굴에 일순 화색이 돌았다.

"진짜?"

호호!

제깟 놈들이 아무리 날고 긴다 한들 역시 흑천련은 무서운가 보지!

"당연히 조건이 있겠지?"

"조, 조건?"

조휘가 고개를 끄덕이다 품속의 지도를 펼쳤다.

"흑천련의 재산이 가장 많이 몰려 있는 곳을 빠짐없이 지도에 표기하도록. 금고, 영약고, 병기고, 곳간 등 재물 비슷한 것이 몰려 있는 곳이라면 다 적어라."

이를 지켜보던 제갈운의 입이 점점 벌어진다.

"당신 설마!"

조휘가 지금 뭘 하려고 하는지 곧바로 알아차린 것이다.

"네. 맞습니다."

후방교란(後方攪亂)!

흑천련의 고수들이 본진에서 대거 이탈한 지금, 어찌 보면 가장 이상적인 전술이다.

하지만 말이 안 된다.

아직 오천 이상의 고수들이 흑천련 본진에 건재하게 남아 있는 판국이다. 자신들 네 명으로 무슨 후방교란을 한단 말인가?

아무리 조휘가 절대의 고수라고 해도, 오천이라는 숫자는 결코 간단히 넘을 수 있는 전력의 벽이 아니었다.

"사파 놈들의 재물에 관한 집착이 얼마나 강한데 그런 곳들을 허술하게 방비할 리가 있겠수? 지키고 있는 고수들이 엄청날 거요."

제갈운은 그런 장일룡의 의견에 십분 동의했다.

"맞아요. 제일지부만 해도 일천 이상이 지키고 있을 거예요."

조휘가 의미심장하게 웃고 있었다.

과연 어쩔 수 없는 강호인들.

발상의 전환이 이렇게나 힘들다.

어쩜 이리도 하나같이 꽉 막혀 있을까?

왜 꼭 상대방의 병력을 뚫어야만 타격을 줄 수 있다는 고정 관념을 버리지 못할까?

현대인 시절 온갖 전략시뮬레이션 게임을 두루 접해 온 조 휘는 '빈집털이'의 정석을 너무나 잘 알고 있었다.

강력한 한 타로 상대의 병력을 일거에 없애는 것도 물론 좋다.

그러나 고성능 유닛의 짤짤이로 상대의 자원에 조금씩 타 격을 주고, 마침내 본진을 말리는 데 성공한다면 차후의 전장 을 지배할 수가 있었다.

"제 목표는 흑천련의 병력이 아닙니다."

제갈운이 묘한 얼굴로 호기심을 드러낸다.

"그럼요?"

조휘가 씨익 웃었다.

"병력은 철저히 무시하고 흑천련의 재산만 골라서 다 부술 겁니다."

"……네?"

잠시 뇌가 정지된 제갈운.

이를 지켜보던 남궁장호가 궁금증을 참지 못하고 입을 열었다.

"철통같이 방비하고 있음이 틀림없을 텐데 어떻게 그런 흑천련의 고수들을 무시하고 타격을 줄 수 있단 말이오?"

조휘가 의미심장하게 웃으며 말했다.

"최강의 유닛이 있잖습니까."

"유닛? 그게 뭐란 말이오?"

조휘는 이번에 남궁세가의 무공을 익히면서 왜 남궁세가가 집단전의 스페셜리스트인지 뼈저리게 깨달을 수 있었다.

남궁세가의 제왕검공.

그 모든 검식들은 하나같이 엄청난 광역(廣域)의 무공이었다.

사방을 짓누르는 강력한 압력!

순간적으로 폭발하는 엄청난 충격파!

광역의 범위를 타격하는 특성만 따진다면 오히려 천검류를 능가하는 측면이 있었던 것.

무공의 고수를 상대하는 것이 아니라 단지 사물의 파괴만이 목적이라면 엄청난 효율을 낼 것이 틀림없었다.

더욱이 그런 광역검공을 의형지도(意形之道)로 펼칠 수 있는 절대경의 자신이 펼친다면?

순간 조휘가 기분 좋게 웃으며 의념을 일으켰다.

우우우웅.

허공에 둥실 뜬 철검.

그런 조휘의 검이 전방을 향해 미끄러지듯 천천히 나아간다.

그 광경을 지켜보던 염상록이 찢어져라 입을 벌린다.

촤아아아아!

삼십육방, 자유자재로 허공을 휘돌던 검이 더욱 멀리 날아간다.

이제는 안력을 돋워 자세히 살피지 않으면 검의 움직임을 좇기가 힘들 지경.

그 머나먼 하늘 끝에서 마침내 고절한 검무(劍舞)가 피어났다.

멍하니 검을 응시하던 남궁장호가 탄식하듯 읊조렸다.

"창궁무진천하(蒼穹武震天下)……!"

그 검무는 고절한 창궁무애검, 그 후삼초의 마지막 초식이었다.

휘이이이익!

텁!

섬전처럼 검을 회수한 조휘가 약간의 탈력감을 느낀 듯 안색이 희게 변했다.

"후…… 이 정도면 거리가 얼마나 되겠습니까?"

자신이 펼칠 수 있는 의념의 한계 지점까지 몰아붙였던 것.

이 정도로 멀리 어검(馭劍)하려면 고작 세 초식 정도가 한계이리라.

장일룡이 황당한 얼굴로 고개를 절레절레 저었다.

"거참 정말 어이가 없수."

도대체가 이게 말이나 되나?

어떻게 같은 하늘 아래에, 비슷한 나이에, 같은 무공을 익힌 사람인데 이렇게까지나 차이가 날 수 있단 말인가?

의형지도는커녕 아직 진무화(眞武花)도 피우지 못한 장일룡으로서는 그 허탈함이 이루 말할 수 없었다.

검수로서 이런 지고의 검을 볼 기회가 얼마나 있을까?

남궁장호의 얼굴에는 희열의 감동과 미지를 향한 경이가 가득했다.

"최소 삼백 장(丈)은 족히 넘는 거리 같았소. 이런 어검술이라니! 정말 대단하오!"

제갈운은 너무나 어이가 없어 뭐라 대꾸할 힘도 없었다.

지금 조휘가 보여 준 한 수에 담긴 의미는 실로 간단했다.

홀로 원거리에서 건물만 다 부수겠단 뜻이다.

강호의 모든 상식과 전략전술을 무의미하게 만드는 경지.

제갈세가가 가진 천고의 지혜를 아무런 쓸모도 없게 만들어 버리는 자들.

절대지경(絶大之境)!

그 천고의 능력을 조휘가 오연히 드러내고 있었던 것이다.

17章.

풀숲에서 볼일을 보고 나온 진가희가 묘한 얼굴로 조휘 일
행을 훑어보고 있었다.

"무슨 일이 있었나요?"

경악, 허탈, 경외, 희망!

그런 모든 감정이 담긴 얼굴들이 마치 한 폭의 그림처럼 굳
어 있었던 것.

'저, 절대경?'

틀림없이 자신의 눈으로 모두 지켜본 무위였지만 염상록
은 도저히 믿을 수가 없었다.

절대경이라니!

사파인의 입장에서 절대경이란 그야말로 미지의 영역이자 꿈에 그리던 선망의 종착역이었다.

사파와는 달리 정도(正道)를 자처하는 대부분의 명문대파 (名門大派)들은 하나같이 유구한 역사를 자랑했다.

기본이 기백 년이요, 심하면 천 년 이상의 무학적 역사를 지니고 있으니, 수 대(代)를 걸쳐 정립된 무공의 치열한 완성도는 사파의 그것과는 비교조차 되지 않는 것이다.

물론 절정(絶頂)의 경지에 이르기 까지는 사파의 무공이 훨씬 유리했다.

초절정의 경지도 노력에 비해 정파보다는 빨리 닿을 수 있었다.

그러나 화경(化境)의 경지부터는 정파의 그 유구한 역사를 결코 따라잡을 수가 없었다.

고수의 수만 따진다면 정파보다 월등히 많은 사파였다.

그런 사파에서 절대경의 고수가 네 명밖에 되지 않는 것이다.

정파의 칠무좌(七武座)와 비견되는 사파의 사패황(四覇皇).

천마성주 암천마(暗天魔) 혁련강.

흑천련주 흑천대살(黑天大殺) 이경진.

사천회주 사황(邪皇) 독고장천.

천하제일살수 혈주(血主) 막우.

눈앞의 청년이 이 엄청난 사패황과 동일한 경지의 무인이란 말인가?

염상록은 연신 공포로 몸을 부르르 떨고 있었다.

"뭐야 무슨 일이야? 빨리 말 안 해 짝불알 놈아?"

소외당하는 느낌을 병적으로 싫어하는 진가희.

"미친년아! 절대라고!"

"절대?"

조휘를 향해 흔들림 없이 고정되어 있는 염상록의 시선.

그런 그의 시선을 좇던 진가희가 설마설마하는 표정을 했다.

"에이 농담이 지나치네."

"아니 이 창백한 년아! 이기어검술(以氣馭劍術)로 삼백 장 바깥에서 검초를 뿌리는 것을 내 눈으로 똑똑히 봤다고!"

어검술로 삼백 장까지 검초를 부린다?

그 말의 뜻은 자신들이 아무리 전력을 다한 경공으로 달아나 봐야 상대가 의지만 일으키면 죽은 목숨이라는 뜻이다.

"⋯⋯좆 됐네?"

절대경 무인의 무서움이란 바로 이런 것이다.

그때 조휘의 음성이 재차 들려왔다.

그는 제갈운을 응시하고 있었다.

"계산해 보자고요. 우리가 바삐 발을 놀려 맹에 소식을 전하고 그 후 차출된 맹의 병력을 이끌고 합비에 도착하는 데까지 걸리는 시간이 어느 정도 될 것 같습니까?"

잠시 침중하게 생각하던 제갈운이 심각한 음성으로 읊조

렸다.

"두 달, 빠르면 한 달 보름······."

가장 가까운 무림맹의 하남지부에 소식을 전하는 데만 해도 최소 이십여 일.

병력을 차출하고 합비까지 이동하는 시간은 거의 한 달이다.

"하지만 보름 이내에 강서성에 우기가 닥치죠. 일주일 정도면 장강의 물이 불어날 것이고, 무림맹과는 달리 이미 당천포(當千浦)에서 전열을 정비 중인 녹사연합은 선단을 동원해 곧바로 안휘로 쳐들어갈 겁니다. 우기가 시작되는 시간, 물이 불어나는 시간, 선단의 속도, 이 모두를 감안하면······."

"맹의 병력과 비슷한 시기에 합비에 도착하게 되겠네요."

조휘가 고개를 가로저었다.

"그것도 최선의 가정입니다. 생각보다 빨리 물이 불어난다면 시일은 더욱 앞당겨지겠지요. 최악의 경우에는 무림맹의 병력보다 보름 정도 앞서 합비에 도착할 수도 있습니다."

남궁장호가 끼어들었다.

"그들이 우기를 기다리지 않고 출발할 가능성은 없소?"

"대규모 선단은 물이 불어나지 않으면 결코 사하구(沙河區)를 통과하지 못해요."

"음······."

제갈운이 가늘게 한숨을 내쉬었다.

"후······ 비천맹금(飛天猛禽) 한 마리만 가져왔더라면······."

무림맹의 전서구인 비천맹금만 있었더라면 이런 고민조차 할 필요도 없었을 터.

그도 그럴 것이 남궁세가와 조가대상회가 무림맹의 명령을 거부하리라고는 생각지도 못했기 때문이다.

아무튼 조휘의 말대로라면 지금 무림맹으로 가 봐야 헛걸음이 될 수도 있다는 뜻.

조휘가 다시 입을 열었다.

"여기서 제가 궁금한 것은 과연 후방에서 계속 흑천련을 교란한다고 해서 그들이 합비행을 멈추겠냐는 겁니다."

아무리 조휘가 현대인의 특별한 전략전술을 구사할 수 있다지만 강호의 생리, 그 식견은 이들보다 모자랄 수밖에 없었다.

장일룡이 의견을 보탰다.

"물욕이 남다른 사파 놈들이우. 연달아 본진의 창고가 털리고 재물이 파괴되면 어쩔 수 없이 병력을 복귀시킬 수밖에 없는 것 아니겠수?"

갑자기 진가희가 손뼉을 치며 대꾸했다.

"호홋! 당연하죠. 합비는 잡을 물고기, 강서는 이미 잡은 물고기! 어떤 미친놈이 성공이 불확실한 모험을 더 앞에 둘 수 있겠어요?"

염상록이 진가희를 미친년 보듯 쳐다본다.

"야 싯펄! 넌 그런 걸 왜 말해 주는 거냐!"

"이기어검이래잖아! 내 사부보다 더 세다는 뜻이잖아!"

"그게 뭐!"

진가희의 얼굴에 표독한 살기가 어렸다.

"그 음탕한 노인네의 시선이 얼마나 소름 돋는 줄 알아? 호호! 곧 그 노인네의 일그러진 얼굴을 볼 수 있겠네?"

눈치를 살피던 제갈운이 강서의 지도를 활짝 펼쳤다.

"흑천련에게 가장 뼈아픈 곳이 될 만한 장소들을 알 수 있겠어요?"

진가희가 조휘를 흘깃 쳐다보며 팔짱을 꼈다.

"제시."

요 깜찍한 년 보소?

제법 장사를 할 줄 아는 년이네?

조휘가 흥미로운 얼굴로 희미하게 웃었다.

"백 냥."

진가희가 성에 안 찬다는 듯한 표정을 짓고 있자 조휘가 더욱 진하게 웃었다.

"금화."

순간, 진가희가 제갈운의 지도를 빼앗듯 낚아채더니 쪼그려 앉았다.

"앉아 봐요. 일단 여기 여강(余江) 보이죠? 여강의 북서쪽 구릉 끝에 관제묘가 하나 있는데 그곳이 바로 거력도왕(巨力刀王)의 위장 금고예요. 어시장에서 거둬들인 재물이 모두 그곳에 있겠죠?"

쪼그려 앉아 책자를 꺼낸 제갈운이 정신없이 받아 적는다.

"그다음은요?"

"안의(安義)현 동쪽에 오협산(五陜山)이라는 산이 있어요. 그 산의 협곡 입구에 바로 철권왕(鐵拳王) 구패의 장원이 있어요. 이곳은……."

진가희의 음성이 이어지면 이어질수록 염상록의 얼굴은 더욱 참혹하게 일그러졌다.

"저, 저, 저년이!"

진가희의 얼얼한 뒤통수에 그야말로 혼이 빠져나갈 지경!

아무리 충성심이나 소속감이 약한 사파의 족속들이라지만 저건 정도가 심해도 너무 심하지 않은가?

하기야 소싯적부터 사부에게 납치당해 강제로 무공을 익히게 됐다는 소문을 듣기는 했다.

게다가 그녀의 사부인 독편살왕은 심야를 틈타 자신의 제자를 탐하려고 했다가 귀가 찢어지는 치욕을 당하지 않았던가.

애초부터 붕 뜬 마음으로 흑천련에 몸담았던 년이었다.

진가희의 목소리가 잦아들자 조휘가 염상록을 바라보았다.

"네놈도 알고 있는 거 다 말해라."

"싯펄! 개소리!"

우우우우웅.

조휘의 철검에서 고도로 정련된 검강이 솟구친다.

"으으으으 싯펄……!"

그야말로 질려 버린 염상록.

무슨 전설의 검강(劍罡)을 무 줄기 뽑듯 뽑아내냐.

"쓸모가 없다면 뒈지셔야지."

"자, 잠깐!"

조휘의 소름 끼치도록 투명한 두 눈.

분명 일말의 망설임도 없이 베어 버릴 인간이다. 이런 놈이 정말 정파란 말인가?

"다 말해 드리겠습니다!"

진가희의 얼굴에 싸늘한 미소가 감돌았다.

"병신. 난 돈이라도 벌었지."

순간 염상록은 폐부를 파고드는 자괴감에 몸서리를 쳤다. 이 위기만 모면하게 된다면 당장 저년부터 낫으로 찍어 버리리라.

결국 염상록이 부들부들 떨면서 지도를 향해 쪼그려 앉았다.

"싯펄, 이곳이 제일지부의 대곳간이다. 양자평원에서 소출되는 곡물의 이 할이 여기로 모이지."

대곳간(大庫間).

그곳에 제일지부를 두고 천 명의 고수들로 물샐틈없이 방비하고 있는 것은 다 그만한 이유가 있었다.

그 드넓은 평야, 양자평원의 끝자락에서 생산되는 곡물의 양은 어마어마하다.

흑천련은 자신들이 만든 상단으로 그런 곡물들의 이 할 정도를 매년 매입하고 있었다.

말이 매입이지 거래되는 가격이 너무 헐값이라 사실상의 갈취였다.

헐값에 매입한 곡물들을 춘궁기에 되팔아 엄청난 이득을 취하고 있었던 것.

"그리고 이곳. 여기에 뭐가 있는지는 나도 모르겠다. 하지만 대곳간만큼이나 많은 고수들이 지키고 있지. 분명 뭔가가 있을 거다."

이어 염상록의 입에서 흘러나온 몇몇 타깃.

조휘는 조금은 놀라는 눈치였다.

서열 오십 위 차이가 이 정도나 된단 말인가?

염상록이 내놓는 정보는 하나같이 진가희의 그것보다 훨씬 고급의 정보였다.

과연 서열값은 무시할 수가 없었다.

"나도 금화 백 냥……."

조휘가 염상록의 말을 깔끔하게 무시하며 내력을 끌어올렸다.

파파팟!

"크으으윽!"

순식간에 온몸의 기혈을 점혈당한 염상록.

조휘가 남궁세가 고유의 내공금제법 제왕제혈술(帝王制穴術)을 시전한 것이다.

내부를 휘돌던 이 갑자 내공력이 눈 녹듯 사그라지자 염상록의 얼굴이 악귀처럼 일그러졌다.

"으아아악 시펄! 갑자기 왜 내공을 없애고 지랄이야!"

"시끄러 이 새끼야."

조휘가 시선을 돌려 진가희를 향해 손을 놀리려다 금방 거둔다.

그래도 여자다.

제왕제혈술을 펼치려면 마지막으로 음교혈(陰交穴)을 점혈해야 하는데 그 부위가 배꼽 아래다.

내공의 소모가 심했지만 하는 수 없이 조휘는 의념을 일으켜 무형지기를 발출했다.

파파팟!

"어맛! 앗흥! 아흥……!"

혈도가 점해질 때마다 야릇한 소리를 내는 진가희.

조휘가 가늘게 눈을 떴다.

"너 일부러 그런 소리 내는 거지?"

진가희의 창백한 얼굴에 발그레 홍조가 피어났다.

"아닌데? 그냥 시원하고 느낌이 좋아서 그러는 건데? 무형지기는 처음 맞아 보거든요. 많이 신선하네요."

"하……."

조휘가 상대하기도 싫다는 듯 고개를 외면했다.

절대 정상적인 여자라 생각하면 안 된다. 그 간악하고 음험한 사파의 세계에서 지금까지 버텨 왔다면 보통의 정신 상태가 아닐 것이다.

곧 조휘는 제갈운이 지도에 표시해 놓은 지점들을 살핀 후 최적의 동선을 머릿속에 그렸다.

"일단 이놈들은 제법 쓸모가 있으니 당분간 제가 데리고 다닐 겁니다. 소검주님과 제갈 과장님은 일단 상인들의 자잘한 땅을 계속 매입해 주시고…… 장 부장님?"

장일룡이 기다렸다는 듯이 대답했다.

"난 뭘 하면 되겠수?"

"장 부장님은 저와 함께 움직입시다."

장일룡은 겪으면 겪을수록 놀라운 사내였다.

무공도 강했지만 사파에 대한 이해도가 완벽했고 시의적절한 임기응변이나 위기를 파악하는 감각 역시 탁월하다.

소제갈보다 더욱 돋보이는 사내.

사실 제갈운이 왜 소제갈이라 불리는지 아직은 잘 모르겠다.

"흐흐! 잘됐수. 사실 얄팍한 상인들과 눈치싸움을 벌이는 건 너무 지겨웠수다."

쟁쟁한 상인들과 치열한 수 싸움을 벌이며 협상의 주도권을 쥐는 과정은 결코 녹록치 않았다.

말 한마디, 행동거지 하나 때문에 수천 냥이 왔다 갔다 하는 자리.

화끈한 장일룡의 성향과는 도무지 맞지 않은 임무였던 것이다.

조휘가 미리 챙겨 놓았던 진가희의 채찍을 장일룡에 주었다.

"이 새끼들부터 묶죠."

"음? 이걸로 말이우?"

미세한 핏빛 돌기들이 수두룩 박혀 있는 채찍이었다.

그래서 이름도 혈강편.

이런 걸로 몸을 묶는다면 고통이 제법 심할 것이다.

"일단 당분간 이걸로 묶어 놓죠. 내공을 금제해 놨는데도 마음이 안 놓이네요. 워낙 골 때리는 놈들이라서."

묵묵히 고개를 끄덕이던 장일룡이 곧 채찍을 길게 빼어 염 상록부터 묶었다.

"큭! 싯펄! 이 무슨 개쪽팔림이여!"

고통에 얼굴을 찌푸리며 연신 수군덕거리는 염상록.

"앗홍! 아웅!"

설마 자신의 독문병기에 묶일 것이라고는 상상도 못 해 봤는지 연신 신음을 내며 꿈틀거리는 진가희.

묶인다는 것이 이렇게 야릇했단 말인가.

오늘 진가희는 자신의 내면, 그 깊은 곳의 끈적한 본능을 새로이 발견할 수 있었다.

조휘가 질렸다는 듯이 고개를 절레절레 흔들다 입을 열었다.

"자 이제 출발하죠 장 부장님."

채찍의 손잡이를 든 채로 진가희의 신색을 살피던 장일룡이 난감한 표정을 짓고 있었다.

"이년 이거 좀 이상하우. 어이 걸어 봐."

염상록이 출발하면 진가희도 채찍에 딸려 따라 걸을 수밖에 없다.

걸음을 옮길수록 피부에 채찍의 돌기가 파고들자 진가희는 묘한 쾌감에 몸을 떨었다.

"웃훙."

장일룡이 기겁을 하며 채찍의 손잡이를 조휘에게 넘겼다.

"난 못 하겠수."

조휘가 후 하고 한숨을 내쉬고 있을 때 다시 장일룡이 질문했다.

"그런데 형님, 가장 먼저 어디를 갈 작정이우?"

조휘의 강렬한 시선이 북쪽을 향한다.

"대곳간(大庫間)입니다."

역석산(曆石山)의 정상에서 바라보는 흑천련 제일지부의 전경, 그 규모는 실로 대단했다.

기다란 담을 따라 마치 성(城)의 해자(垓子)처럼 물길을 파 두었고, 내부의 거대한 곳간들 역시 미로처럼 얽혀 있는 목책(木柵)들에 가려져 분간이 어려웠다.

103

목책이 이어진 곳 중간중간마다 높은 목탑이 세워져 무인들이 경계를 서고 있었고, 질서정연하게 세워 놓은 수백 개의 횃불들이 대낮처럼 사위를 밝히고 있었다.

저렇게 살벌하게 방비하고 있으니 몇 명의 고수로는 접근조차 불가능할 터.

설사 저곳을 뚫을 수 있다고 해도 호각 소리를 듣고 뛰쳐나올 흑화당(黑華黨)의 괴물들은 또 어찌 상대한단 말인가?

그렇게 물샐틈없이 방어하고 있는 거대한 곳간이 어림잡아도 칠팔십여 개.

가히 웬만한 마을 하나를 통째로 옮겨다 놓은 듯한 어마어마한 규모였다.

채찍에 묶여 있던 염상록이 침을 꿀꺽 삼키며 조휘를 바라보았다.

바위 위에서 가부좌를 튼 후 운기조식을 하고 있는 조휘.

아직도 저런 애송이가 절대의 무인이라는 것이 믿겨지지가 않는다.

내공만 있었다면 저 근육 돼지 새끼 정도는 어찌 해볼 수 있었을 것이다. 운기조식을 하고 있는 이 절호의 기회를 놓칠 수밖에 없다니!

염상록의 이런 속도 모르고 진가희는 감탄만 늘어놓고 있었다.

"와! 저게 내공이 유형화되는 경지, 진무화라는 거죠?"

조휘의 몸 주위로 너울거리고 있는 새하얀 기(氣)의 포말.

도깨비불처럼 신비로운 백색의 아지랑이들을 진가희가 연신 신기한 눈으로 쳐다보고 있었다.

진무화는 화경의 경지를 넘어선 무인들에게서 나타나는 전형적인 외적 특징.

장일룡의 눈빛도 금방 뜨거워졌다.

"크……!"

진무화(眞武花).

평생을 소원해 마지않았던 경지.

전신혈맥이 단전화(丹田化)되는 경지, 즉 공단(空丹)을 이루면 나타나는 현상이다.

전신이 단전화되었으니 진신내공을 운용할 때마다 기가 유형화되어 뿜어지는 것.

저 경지에 이르러서야 비로소 외공을 익힌 자의 육체를 앞질러 갈 수 있는 호신강기(護身罡氣)가 가능해진다.

그 실체를 두 눈으로 목격하니 자신이 이룩한 것이 아님에도 전율이 일어날 지경.

화경만 해도 그만큼 엄청난 것이었다.

그 대단한 안휘의 지배자 남궁세가가, 가문의 모든 자원을 십 년 이상 남궁장호에게 퍼붓고도 아직 화경의 경지를 이뤄주지 못하고 있었다.

단순한 노력이나 지원, 무공의 질 같은 것으로는 결코 이룩할 수 없는 깨달음의 영역.

그런 화경만 해도 놀라운데 절대경이라니!

아직도 장일룡은 조휘의 무위가 도무지 믿기지 않았다.

"으음."

어느덧 반개한 눈을 뜨며 자신의 몸 상태를 살피고 있는 조휘.

곧 그가 천천히 일어나 저 멀리 흑천련 제일지부의 전경을 지그시 응시했다.

눈대중으로 잡아 본 거리는 삼백 장(丈), 대략 구백 미터다.

야산에서 시전했던 이기어검(以氣馭劍)의 거리보다 좀 더 먼 듯했지만, 그래도 막대한 내력의 소모를 각오하면 불가능한 거리는 아니었다.

곧 조휘가 억세게 숨을 들이켜더니 끌어올릴 수 있는 최대한의 내공을 끌어올렸다.

칠성(七成), 팔성(八成), 십성(十成)!

쿠쿠쿠쿠쿠쿠!

장일룡은 물론 염상록과 진가희 역시 경악의 얼굴로 입이 벌어져 버렸다.

광대무변한 기의 파동이 사방을 향해 몰아치며 천재지변처럼 역석산 정상을 휘감고 있는 것이다.

저것이 바로 절대의 무혼(武魂)!

조휘의 강대한 존재감에 모두가 몸서리를 친다.

곧 투명할 정도로 빛나고 있는 조휘의 백안(白眼)이 자신의 철검으로 향한다.

조가철검(曹家鐵劍)!

안휘철방의 철방대부 조순이, 아들에게 선물한 필생의 역작이다.

조휘가 끌어올린 모든 내력을 한 올도 남김없이 철검에 퍼부었다.

우우우우우웅!

용암처럼 시뻘겋게 변한 철검이 미친 듯이 검명(劍鳴)을 토해 내다, 곧 새하얀 검강(劍罡)을 뿜어낸다.

검강을 머금은 조가철검이 그대로 대곳간을 향해 쏘아진다.

그야말로 상상을 불허하는 속도!

떠오른 심상(心傷)을 곧바로 검에 투영하는 조휘.

의형지도(意形之道).

이기어검술(以氣馭劍術).

창궁무애검(蒼穹無涯劍) 후이식(後二式).

창궁용조검절(蒼穹龍爪劍絶).

파괴력만큼은 남궁세가의 그 어떤 검식도 따르지 못하는 천룡의 발톱이다.

흑천련 제일지부의 하늘에 번쩍이는 섬광이 나타나 천천히 번지더니 곧 거대한 천룡의 발톱이 드러난다.

천룡의 발톱은, 피조물을 짓이기는 파괴의 신처럼 처참하게 지상을 부수기 시작했다.

콰콰콰콰쾅!

엄청난 파괴력에 의해 두 개의 공간이 흔적도 없이 바스러진다.

목책의 파편들이 사방으로 비산하고, 무인들이 경계를 서고 있던 기다란 목탑들도 용의 발톱에 의해 움푹 파여 버린 지하세계를 향해 천천히 기울어 간다.

아아악!

으아아악!

사방에서 터져 나오는 비명!

목탑에 설치되어 있던 횃불들이 떨어지자 곧바로 거친 불길이 솟구친다.

그야말로 지옥의 아수라장!

휘이이익!

텁!

검을 회수한 조휘의 얼굴이 탈력감으로 가득했지만 그는 아랑곳하지 않고 또다시 내공을 끌어올렸다.

창궁무애검(蒼穹無涯劒) 후삼식(後三式).

창궁무진천하(蒼穹武震天下).

곧바로 기다란 검로를 그리며 나아간 철검에서 엄청난 빛무리가 폭사되었다.

사방을 짓누르는 강대한 제왕의 검력이 또다시 지상으로

거칠게 내리꽂힌다.

순간 네다섯 개의 곳간이 마치 프레스로 찍히듯 강력한 압력에 주저앉아 버렸다.

우지끈!

쫘지지직!

당연히 주변의 모든 목책과 목탑들도 함께 폭삭 무너져 내리고 있었다.

으아아아아아!

분노 섞인 거친 비명들이 사방으로 메아리친다.

휘이이익!

텁!

조휘가 아무렇지도 않게 철검을 갈무리하더니 그대로 주저앉아 또다시 가부좌를 틀었다.

다시 피어오른 진무화.

"……."

"……."

숫제 괴물을 쳐다보는 듯한 세 쌍의 눈동자들이 지진을 만난 듯 흔들리고 있었다.

염상록의 허탈한 목소리가 들려왔다.

"싯펄 이건 좀 너무한 거 아닌가."

도대체 이런 걸 누가 막을 수 있냐고!

뜬금없이 하늘에 나타난 의형검강(意形劍罡) 다발이 그대

로 지상으로 꽂혀 버리는데, 대비고 자시고 손쓸 틈 없이 그
저 당할 수밖에 없는 것이다.

살다 살다 이런 허망한 전투는 처음 본다.

제일지부의 대곳간과 이곳 역석산까지의 거리는 무려 삼
백 장.

추적대를 보내려고 해도 뭔 목표가 보여야 뒤쫓을 수 있을
것 아닌가?

막연히 상상만 해 보던 절대경의 무공을 직접 견식하니 가
히 오줌이 지릴 지경!

허탈한 웃음만 나오는 건 진가희도 마찬가지였다.

"호호!"

흑천련의 잔인한 흑살들 틈바구니에서 평생을 자라 왔다.

흑천련의 괴물들이라는 흑천팔왕의 고강한 무위도 뼈저리
게 경험했던 그녀였다.

하지만 이건 무(武)의 수준 자체가 아예 다르다.

지닌 무위가 하늘 끝에 이르렀다는 흑천련주, 그 전설적인
흑천대살의 무공이 이러할까?

-허허……

감탄하기는 이 모든 것을 지켜본 검신도 마찬가지.

조휘의 무위는 딱히 새롭지 않으나 정작 그 사고방식에 놀
라는 중이었다.

보통 천인합일(天人合一)의 절대경을 이룩한 무인의 정신

세계란 그 고고함이 이를 데 없다.

자신의 무혼을 굳건히 천지간에 세운 무인.

무인으로서의 그런 자부심과 긍지가 남다를 수밖에 없는 것이다.

아무리 이기어검술을 발휘할 수 있는 절대경의 무인이라 할지언정 어찌 이런 방법으로 적을 공략할 수 있겠는가?

절대경을 이룩한 무인의 자존감을 생각하면 도저히 불가능한 방식의 무력 행위였다.

하지만 조휘의 사고방식은 완전 달랐다.

어설프게 힘을 숨길 필요도 없고, 능력이 있다면 그 능력을 최대로 발휘해야만 하는 것이 마땅하다.

무인의 자존심?

자존심이 밥 먹여 주는가?

그냥 할 수 있으면 하는 거다.

철저하게 실리를 추구하는 현대인의 특성!

어느덧 검천대신공을 운기하여 일주천(一周天)을 마친 조휘가 무심한 눈으로 제일지부의 전경을 훑고 있었다.

"대충 예닐곱 번만 하면 끝나겠네."

쿠쿠쿠쿠쿠쿠!

내공을 끌어올린 조휘.

또다시 허공에 떠오른 조휘의 철검이 빛살처럼 쏘아진다.

거대한 용의 발톱 창궁용조검절.

콰콰콰쾅!

곳간 두어 개가 또 흔적도 없이 바스러졌다.

하늘의 검, 그 무한한 압력의 창궁무진천하.

우지끈!

쫘지지지직!

마치 거인의 발자국에 짓이겨진 것처럼 폐허로 변해 버린 곳간들.

검을 회수한 조휘가 심드렁한 얼굴로 가부좌를 튼다.

또다시 피어난 진무화.

"와 진짜 지려 버리겠네."

탄복한 얼굴로 연신 혀를 내두르는 염상록.

이런 역대급 강호의 기사를 두 눈으로 지켜보면서도 도무지 현실감이 느껴지지 않는다.

이런 걸 과연 무공(武功)이라고 말할 수 있을까.

염상록이 문득 산 아래의 대곳간을 바라보았다.

사태의 심각성을 느꼈는지 횃불을 든 수많은 무사들이 어지럽게 뛰어다니고 있었다.

염상록의 얼굴이 처연해졌다.

침입자를 색출하기 위해 안간힘을 쓰겠지만 저들은 결코 이곳을 발견할 수 없을 것이다.

소리라도 질러 위치를 알려 주고 싶어도 그 즉시 자신의 목이 달아날 것이기에 불가능했다.

도망을 가고 싶어도 얼마나 잘 묶어 놨는지 몸을 비틀 수조차 없었다.

다시 조휘가 눈을 떴다.

콰콰콰쾅!

쫘직!

무심한 얼굴로 연방 이기어검술 �짤짤이를 시전하는 조휘.

탈력감이 밀려오면 어김없이 계속되는 일주천.

그렇게 칠팔십여 개의 모든 곳간이 터지고 부서지는 데는 고작 한 식경도 걸리지 않았다.

모든 것이 그야말로 일수유(一須臾)에 일어난 일이었다.

결국 흑화당의 괴물들이 내원에서 뛰쳐나왔다.

검은 망토를 휘날리며 사방을 향해 질풍처럼 흩어지는 흑화당의 고수들.

저 중에는 그 대단한 천살(天殺)들도 끼어 있을 것이다.

위살(危殺), 인살(刃殺), 귀살(鬼殺), 흑살(黑殺), 천살(天殺)로 구분되는 흑천련의 계급.

그 계급의 최상위에 있는 천살들은 하나같이 초절정의 극에 달해 있거나 화경(化境)의 무위를 이룩한 자들이었다.

사파의 무학으로 화경을 이룩한 자들이니만큼 그 치열한 삶의 경험과 노련한 심계가 대단한 자들이라 할 수 있었다.

천살들의 강력한 존재감을 느꼈는지 조휘가 자신의 예기를 천천히 정련하여 갈무리했다. 화경의 고수들은 기감(氣

感)을 펼칠 수 있었기 때문이다.

그야말로 난리가 나 버렸다.

커다란 곳간 칠팔십여 개를 가득 메우고 있던 곡식들이 모두 횃불로 번진 불길에 의해 재가 되어 가고 있었다.

흑천련이 보유하고 있는 재산 중에서 가장 높은 비율을 차지하고 있는 대곳간이 불타 버렸으니 분명 그 타격이 엄청날 것이다.

그러나 이건 시작에 불과했다.

제갈운에게 받은 지도를 활짝 펼치는 조휘.

곧 그가 염상록을 힐끗 쳐다보며 입을 열었다.

"대곳간 다음으로 흑천련에게 뼈아픈 곳은 어디냐? 여기서 가까운 곳이면 더 좋겠는데."

부들부들.

소름이 돋은 얼굴로 연신 몸을 떠는 염상록.

대답을 하지 않으면 틀림없이 죽을 것이다. 속이 쓰라렸지만 어쩔 수 없이 입을 열 수밖에 없었다.

"아, 안희현 오협산이다. 철권왕님의 평생 모은 재물이 거기에 있다."

철권왕(鐵拳王) 구패(丘覇).

흑천팔왕의 일인으로 그 별호처럼 오로지 두 주먹으로 사파를 재패한 위맹한 사나이다.

소문으로는 흑천련주의 공대(恭待)를 받는 유일한 인물.

화경에 이른 그 무공만큼이나 명성이 극에 달한 자로서 그가 평생 일군 재물은 필시 어마어마할 것이다.

그는 포양호의 모든 물길을 장악하고 있는 묵룡선단(墨龍船團)의 주인이다.

장강을 오가는 모든 수상 물자들의 생사여탈권을 거머쥐고 있는 자.

그 대단한 황실의 인척인 강서성주조차도 중양절마다 철권왕에게 하례를 온다고 하니 그의 영향력은 새삼 말할 필요가 없는 것이다.

흑천련에서의 그의 위계는 일인지하 만인지상.

그렇게, 정보상에게 구입한 흑천련의 정보를 훑어보던 조휘가 미묘한 표정을 지어 보였다.

"이번에는 만만치 않겠는데?"

오협산의 협곡 위에서 냉정한 얼굴로 철권왕의 장원을 살피고 있는 조휘.

백안(白眼)으로 빛나는 그의 두 눈은, 마치 핵을 조준하기 직전의 유령(Ghost)의 그것 같았다.

'저게 장원이라고?'

평균적인 장원의 모습과 궤를 달리하는 전경이었다.

그 너른 규모도 규모였지만 무슨 전쟁을 치를 것도 아니고 저렇게 수많은 무인들이 살벌하게 방비하고 있다니!

하기야 강호의 대방파치고 전서구(傳書鳩)를 활용하지 않는 곳은 없기에 필시 이곳에도 제일지부의 참화가 전해졌을 것이다.

더욱이 흑천련주를 제외하고는 그 적수를 찾기 힘들다는 그 유명한 사파의 강자 철권왕이 있는 곳.

화경이라고 다 같은 화경은 아니다.

거의 절대의 문턱에 다다른 자.

그 대단하다는 천살(天殺)들 위에 군림하는 자다.

조휘는 일단 탐색전을 시작했다.

쿠쿠쿠쿠쿠쿠!

거칠게 진동하는 산 능선.

조휘의 철검이 곧바로 삼백여 장의 거리를 격하고 쏘아진다.

창궁무애검 전오식(前五式).

무애천망하(無涯天網霞).

수백 개의 검기 그물이 무한한 창공을 누비더니 이내 천지 간에 아득해진다.

츠츠츠츠츠!

촘촘한 검기의 그물들이 그대로 내려 짓쳤다.

전각들이 마치 분쇄기의 칼날에 닿은 것처럼 형체도 없이 바스러진다.

116

창궁무애검 전사식(前四式).

천뢰암강포(天雷岩罡砲).

거대한 검기가 뭉쳐 수십 개의 검환(劍丸)으로 화(化)하더니 포탄처럼 지상으로 쏘아졌다.

콰콰콰쾅!

우지끈!

수십 개의 검환 다발이 지나간 자리는 그야말로 처참했다.

전각들이 통째로 터져 나갔고, 아름다운 후원의 거목들도 형체를 알아보기 힘들 정도로 짓이겨졌다.

사방으로 튄 파편에 의해 부상자가 속출했으며, 비명을 지르며 속옷 차림으로 튀어나온 여인들이 연신 사방으로 도망가고 있었다.

하지만 확실히 대곳간 때와는 달랐다.

장원을 지키던 무사들이 차분히 장내를 정리하더니, 등에 메고 있던 쇠뇌(弩)를 꺼내 미리 준비한 기름에 화살촉을 담갔다.

화섭자를 돌려 가며 화살촉에 불을 붙이는 무사들!

곧 그들이 사방을 향해 쇠뇌를 발사했다.

쒜애애애액!

화르르르르!

계곡 곳곳에 설치되어 있던 기름종이 뭉치에 화살이 닿자 곧 계곡 전체가 대낮처럼 밝아진다.

이런 기민한 대응에 조휘도 당황했는지 재빨리 풀숲에 몸을 숨겼다.

함께 몸을 숨긴 장일룡이 혀를 내둘렀다.

"와 나 이 새끼들 적응력 보소?"

썩어도 준치라 했던가.

과연 흑천련은 흑천련이다.

그때 강대한 음성이 들려왔다.

-남궁수야! 이 씹어 먹어도 시원찮을 놈아! 네놈이 그러고도 남궁가의 검종(劍宗)이라 자처할 수 있겠느냐?

꾸르르릉!

거친 일갈로 인해 계곡 전체가 진동으로 휩싸였다.

얼마나 열이 받았는지 실려 있는 내공이 그야말로 장난이 아니었다.

가히 소림의 사자후(獅子吼)에 비견되는 위력!

철권왕 특유의 걸걸한 음성을 알아챈 염상록이 화색 가득한 얼굴로 자신도 모르게 소리쳤다.

"철권왕님!"

이미 그럴 줄 알고 모든 음파를 차단하고 있던 조휘가 그의 뒤통수를 찰지게 후려갈겼다.

퍼퍽!

"하여튼 이 새끼. 의리는 쥐뿔도 없어요."

염상록이 얼얼한 뒤통수를 만지며 억울하다는 듯 조휘를 노려본다.

"싯펄 내가 왜 정파 새끼들한테 의리를 지켜야 하는데!"

조휘가 비릿한 미소를 지으며 바닥에 펼쳐 놓은 지도를 눈짓으로 가리켰다.

"흑천련의 보물창고들 네놈들이 다 분 건데? 이 와중에 아직도 흑천련에 소속감을 느끼는 건가? 내가 철권왕에게 이 사실을 다 말해 주면 네놈은 어떻게 될까?"

"이, 이, 이런 싯펄!"

몹시 당황한 기색이 역력한 염상록.

조휘가 씨익 웃다가 다시 계곡 아래의 장원을 살폈다.

흑천련의 고수들은 바보가 아니다.

포양호의 상류를 경계로 안휘의 남궁세가와 칼을 맞댄 세월이 수십 년.

그런 그들이 남궁세가의 검공을 알아보지 못할 리가 없었다.

더욱이 이기어검술로 남궁의 검초를 펼칠 수 있는 자라면 단 한 명, 칠무좌의 일인이자 절대경의 무인인 창천검협 남궁수밖에 없는 것이다.

아직은 남궁수를 남궁세가의 유일한 절대경으로 파악하고 있는 흑천련으로서는 당연한 판단이었다.

-남궁수야! 이 쥐새끼 같은 놈아! 절대를 자처하는 검수가 이런 치졸한 짓을 벌이는 건 무림의 고금 이래 처음일 것이다! 칠무좌? 창천검협? 개가 웃겠구나!

그저 피식 웃고 마는 조휘.

자존심이 상하라고 저런 말들을 뱉어 내고 있겠지만 솔직히 현대인인 자신으로서는 아무런 타격감이 없었다.

절대경이면 무조건 다이다이 떠야 하나?

흑천련에 존재하는 화경의 고수만 스물이 넘는다고 했다.

그런 화경의 고수 네다섯이 모여 수백 명의 고수들을 이끌고 오는 순간 아무리 절대경의 자신이라고 해도 타격을 입을 수밖에 없었다.

막대한 내공과 심력을 소모하는 의념절기를 무한으로 시전할 수 있는 것도 아니고 더욱이 장일룡까지 보호하면서 상대해야 하는 상황.

그런 비효율적인 싸움을 왜 해야 된단 말인가?

조휘의 결연한 눈이 장일룡을 향했다.

"일단 이 새끼들을 데리고 제갈 과장님과 합류하기로 한 객잔에 미리 가 계시죠."

"형님 이 상황에서 어쩌려고 그러시우?"

상대의 대비가 저토록 확실하니 조휘가 걱정되는 것이다.

조휘가 장일룡의 등을 토닥이며 푸근하게 웃어 보였다.

"저는 걱정 안 하셔도 됩니다."

그럼에도 장일룡은 마음이 놓이지 않았다. 철권왕은 자신의 사부였던 녹림대왕과도 명성이 나란한 무인. 물론 일대일에서는 조휘가 우위를 점하겠지만 쪽수에서 너무 밀렸다.

"저 조휘입니다."

씨익.

장일룡의 멍한 얼굴이 다시 조휘를 향한다.

하긴 안휘의 상계를 단 삼 년 만에 지배해 버린 형님이다.

사람의 혼을 쏙 빼놓는 엄청난 수완.

이 세상의 것이 아닌 것 같은 전율적인 계략.

도무지 같은 인간이라고 생각되지 않는 천재 중의 천재였다.

장일룡이 평생을 통틀어 진심으로 탄복해 버린 유일한 사내.

"알겠수 형님. 그럼 꼭 무사하시우!"

곧 장일룡이 채찍의 손잡이를 마치 말고삐 다루듯 휘둘렀다.

촤악!

"크으윽! 제길!"

"앗홍!"

그렇게 장일룡 일행이 산을 내려가자, 조휘의 신형이 잔상을 일으키며 희미해졌다.

번쩍! 번쩍!

천풍보 제사식 뇌전풍(雷電風)!

마치 번개처럼 점멸되는 조휘의 신형이 거침없이 협곡의 최상부를 향하고 있었다.

차가운 눈으로 곳곳에 설치해 놓은 종이 더미를 살피는 조휘.

딴에는 제법 머리를 굴린 것이겠지만 이건 너무나 멍청한 짓이었다.

조휘의 철검이 종이 더미 하나에 꽂혔다.

곧 그가 검을 휘둘러 그 관성을 이용해 그대로 계곡 아래로 던져 버린다.

그렇게 눈부신 신법으로 자유자재로 협곡을 타고 다니며, 불타고 있는 모든 종이 더미를 하나씩 협곡 아래로 던져 버리는 조휘.

하늘에서 불의 비가 쏟아진다.

협곡의 아래, 장원의 중심에서 그 광경을 멍하니 올려다보고 있던 철권왕이 비명을 지르듯 소리쳤다.

"빨리 저것들을 막아라! 온몸으로 막으란 말이다!"

수백 개의 종이 더미가 불타며 떨어지고 있었다.

저걸 무슨 수로 막는단 말인가?

허나 철권왕의 명령.

따르지 않을 수가 없었다.

천살 위지악이 휘하의 부하들에게 명령했다.

"막아라! 육탄으로라도 막아!"

"존명!"

타타탓!

일백에 가까운 무사들이 사방으로 흩어지며 각자의 무기를 움켜쥐었다.

마침내 종이 더미가 사정권에 들어오자 무사들 모두가 있는 힘껏 내공을 일으켜 허공으로 도약했다.

촤르르르르!

쏴아아아아!

전력을 다한 검막(劍幕)과 도막(刀幕), 비도술과 암기술이 하늘을 수놓는다.

하지만 완벽하게 역효과가 일어났다.

파스슷!

분쇄되며 사방으로 비산하고 있는 화염 더미들!

종이의 특성상 당연한 결과다.

"으으으!"

"이런!"

모두의 뇌가 정지되어 버렸다.

중양절 날 터지는 폭죽처럼 하늘을 가득 메운 화염 다발들!

결국은 사방으로 비산하던 화염들이 거의 모든 전각에 붙어 버렸다.

화르르르르!

한데 그것이 끝이 아니었다.

또다시 하늘에서 느껴지는 강력한 기운!

거대한 검강 다발이 거대한 발톱이 되어 지상을 할퀴려 들고 있었다.

철권왕이 악귀처럼 일그러진 얼굴로 두 주먹을 움켜쥐었다.

화경오의(化境奧義).

염마철패권(炎魔鐵覇拳) 제사식(第四式).

염천구룡탄(炎天九龍彈).

천하의 강맹한 아홉 줄기 권력이 천룡의 발톱과 맞섰다.

콰콰콰콰쾅!

엄청난 압력에 의해 핏물이 울컥 치솟았지만 철권왕은 내색치 않고 억지로 삼켰다.

과연 천하에 이름 높은 칠무좌!

단 한 수만으로도 여실히 느낄 수 있는 절대(絶大)다.

한데 그것이 끝은 아니었다.

쐐애애액!

하늘을 가득 메우며 짓쳐 오는 검환(劍丸)들!

저 자그마한 검환들이 얼마만큼 강력한 위력을 발휘하는지 이미 뼈저리게 경험했다.

철권왕의 두 주먹에 뜨거운 불의 기운이 뭉친다.

염마철패권 제삼식 여의패염랑(如意覇炎浪)은 다수의 적을 상대로 할 때 가장 효과적인 초식이었다.

여의패염랑의 기수식을 펼치고 있는 철권왕 주위로 천살

의 고수들이 뭉쳤다.

이어 저마다 펼칠 수 있는 최고의 절기로 검환에 맞섰다.

파파파팟!

천살들이 여의패염랑의 강력한 광역 권법을 보조하며 필사적으로 막아 내고 있었지만 모든 검환들을 막아 내기에는 역부족이었다.

애초에 검환은 너무도 빨랐다.

조휘의 목표도 흑천련의 고수들이 아니었다.

맹렬히 사방으로 짓쳐 나간 검환들이 교묘하게 전각들의 기둥만 박살 낸다.

그렇지 않아도 화염에 불타 약해진 전각들이 모래성처럼 허물어졌다.

꽈직! 우지끈!

더욱 번지는 불길!

불에 그슬린 수염을 탈탈 털어 내던 철권왕이 거칠게 안면을 구겼다.

"이익!"

천하의 고수라 자처하는 자가 어찌 이리도 치졸할 수 있단 말인가?

게다가 중원절대검가라는 남궁세가의 검종(劍宗)이?

그 고고한 남궁수가 정말 맞단 말인가?

흑도의 사패왕들이라 해도 체면 때문에라도 이런 짓은 못할 것이다.

흠칫!

상대를 추적하기 위해 끝끝내 풀지 않고 있던 철권왕의 기감(氣感)에 드디어 상대가 포착되었다.

협곡의 우측 능선을 찢어 죽일 듯이 노려보던 철권왕이 거칠게 고함을 내질렀다.

"천살들은 모두 본 왕을 따르라!"

파팟!

철권왕이 엄청난 속도로 앞질러 나가자 천살들도 일제히 경공을 일으켰다.

흑색 망토들이 질풍처럼 협곡을 타고 오른다.

과연 흑천련의 최고 위계인 천살의 고수들답게 수준급의 경신법을 발휘하고 있었다.

그때, 선두에서 협곡을 오르던 철권왕이 갑자기 신형을 멈추었다.

"음?"

분명 소름이 돋을 만큼 강렬한 존재감이었다.

한데, 자신의 기감에 감지되던 상대의 기운이 말끔하게 사라졌다. 그야말로 단 한 올도 느껴지지가 않았다.

선두가 정지하자 모든 천살급 고수들이 절벽에 매달려 멀뚱멀뚱 위만 쳐다보고 있었다.

휘이이이잉—

싸늘한 바람에 갑자기 불길한 오한이 치미는 철권왕.

"단주님! 아래입니다!"

"뭐, 뭣이?"

묵룡선단주 철권왕의 불같은 시선이 아래를 향했다.

그 신형을 눈에 담을 수조차 없는 엄청난 속도의 경공으로, 장원 구석구석 참 알차게도 부수고 다니는 자!

그의 수많은 검기 다발들이 닿은 곳엔 오로지 파괴뿐이었다.

콰콰콰쾅!

우지끈! 꽈직!

오협산 협곡 아래는 그야말로 한 폭의 아수라지옥도였다.

"끄아아아아아아아!"

회까닥 눈이 뒤집힌 철권왕이 그대로 뛰어내렸다.

그 모습을 지켜보던 천살들이 하나같이 벌어진 입을 다물지 못했다.

오십 장은 족히 넘는 절벽 위였다.

그대로 장원으로 낙하하여 착지한다면 그 충격은 가히 상상조차 할 수 없으리라.

허나 철권왕은 오히려 천근추를 일으켜 가속하고 있었다.

콰쾅!

장원의 후원에 착지한 철권왕이 막대한 고통에 부들부들 떨면서도 연신 주위를 살피고 있었다.

그런데……

또 없다.

곧 그가 악착같이 이를 깨물며 기감을 펼치자.

저 멀리 우측 능선부에서 느껴지는 강대한 존재감!

아까 그 자리다.

그제야 새하얀 놈의 미소가 눈에 들어온다.

부들부들부들부들.

살면서 이토록 화가 났던 적이 있었던가?

철권왕이 아직도 절벽에 매달려 있는 천살들을 향해 내공을 일으켜 일갈했다.

"위다! 바로 위에 놈이 있다!"

한데.

콰콰콰쾅!

천살들이 매달려 있던 절벽이 통째로 터져 나가고 있었다.

먼지가 잦아들자 천룡의 발톱이 할퀸 자국이 절벽에 가득 드러났다.

철권왕이라는 위명을 품은 후로 단 한 번도 내뱉지 않았던 소싯적 욕설이 그의 입에서 튀어나왔다.

"야이이 시발 개새끼야아아아아아아!"

여기에.

이곳에.

협곡의 지배자가 있었다.

18章.

　거대한 위용을 자랑하던 모든 전각과 후원들이 깔끔하게 작살나 있었다.

　마치 폭풍이 할퀴고 지나간 것 같은 폐허.

　지난밤의 악전고투를 증명하듯 철권왕의 얼굴에는 시커먼 그을음이 가득했다. 미염을 자랑하던 수염 역시 모조리 불에 타 버려 볼썽사나웠다.

　그의 부들부들 떨리는 손이 폐허 속에서 머리만 삐죽 튀어나온 불상을 헤집고 있었다.

　미칠 듯이 흔들리는 그의 두 눈.

　지난날 천축의 이름 높은 고승에게 자그마치 은자 일만 냥

131

에 구입한 녹괴불상(綠怪佛象)이었다.

사실 그조차도 싸다고 여기며 구입한 것으로, 돈 주고도 사기 힘든 고대의 보물이었다. 가치를 아는 자에게 되판다면 족히 그 다섯 배는 받을 수 있을 것이리라.

한데, 그런 고귀한 불상의 얼굴이 흘러내리고 있었다.

마치 괴기한 악마처럼 변해 버린 불상의 얼굴.

철권왕의 마음도 함께 악마처럼 잔악해졌다.

"이, 이런 개 같은……!"

어디 피해를 입은 것이 녹괴불상뿐이겠는가.

족히 수만 냥의 값어치를 지닌 천고의 보물 여흘백자경(呂屹白磁鏡)이 깨어져 가루가 되어 있었고, 황가제일필(皇家第一筆) 주운경 공의 필생의 역작 팔금산수도(八禽山水圖) 역시 저잣거리의 폐지처럼 불에 타 아무렇게나 나뒹굴고 있었다.

그뿐인가.

당장 달포 후에 흑천련으로 가져가야 할 비단 팔백 필도 모두 재가 되어 휘날리고 있었으며, 대장군 육의문의 부탁으로 보관하고 있던 그 귀중한 한혈천리마(汗血千里馬)도 새까맣게 타 죽어 버렸다.

무엇보다 이 장원.

사도제일의 진법가인 진서한에게 설계를 부탁하여 자그마치 삼 년 동안 각고의 노력으로 공들여 지은 곳이 바로 이곳이었다.

이 장원의 모든 것들은 그야말로 자신의 육십 평생, 그 고된 인생의 모든 총아(寵兒).

그런 장원이 폐허가 되어 버렸으니 그 참담한 심정이야 오죽하겠는가.

특이하게 협곡 아래에 장원을 지은 것도 철저한 방비의 일환이었다.

좁은 협곡 아래 그 터를 잡고 있어 적이 하늘에서 떨어지지 않고서야 이중 삼중으로 방비하고 있는 삼엄한 경계를 결코 뚫지 못하는 것이었다.

그런데 오늘 진짜로 적이 '하늘'에서 떨어졌다.

협곡의 위에서 의형지도의 검초를 퍼부으며 전각들을 파괴하던 자.

쫓으려 절벽을 타고 올라가면 내려와서 파괴하고 다시 내려가면 올라가서 공격하고.

협곡의 아래에 장원을 지은 것이 오히려 화근이 되어 버린 것이다.

한데 그것은 상대가 절대경이라서 가능했던 것.

그런 고고한 무인이 이런 치졸한 방법으로, 그것도 오로지 재산만을 파괴하리라고는 상상도 해 보지 못한 일.

"크으으으! 남궁수 이런 개새끼!"

당장에라도 남궁세가에 쳐들어가고 싶은 마음이 굴뚝같았다.

철권왕이 휘하의 천살들에게 명령했다.

"총단으로 갈 것이다. 서둘러라!"

자신의 인생, 그 모든 것을 잃었다.

더 이상 잃을 게 없는 노고수의 분노가 남궁세가를 향하고 있었다.

◆ ◇ ◆

모든 소식들을 전한 여덟 명의 전령, 귀살들이 마치 처분을 기다리는 듯 엎드려 오체투지하고 있었다.

거대한 태사의에 몸을 기댄 채 물끄러미 그들을 쳐다보고 있는 자.

그는 거대한 사파를 삼분(三分)하고 있는 절대자이자 흑천 련의 주인 흑천대살(黑天大殺)이었다.

대살(大殺).

그런 위명에 어울리게, 그가 취한 정파 고수들의 수급만 일 백이 넘는다고 전해지는 사파의 절대자.

턱을 괸 채 애조(愛鳥) 흑응의 머리를 쓰다듬던 흑천대살이 천천히 입을 열었다.

"대곳간이 모두 불에 탔다?"

흑천대살의 몸에서 흘러나온 칙칙한 묵빛 사기(邪氣)가 대 전을 휘감아 돌고 있었다.

온몸의 피부를 찢고 들어오는 엄청난 살기에 부르르 몸을 떨던 선두의 귀살이 더욱 몸을 납작 엎드렸다.

"그, 그렇습니다!"

흑천대살의 무료한 눈빛이 두 번째 전령에게 향했다.

"귀야장(鬼野場)의 밀 이만 석도 불탔다?"

"트, 틀림없는 사실입니다!"

"녹산포에 있는 본련의 선단도 모조리 침몰했고?"

"예! 련주님!"

"게다가 팔왕(八王)의 장원 중 일부가 당했다?"

흑천대살의 마지막 질문에는 아무도 대답하지 못했다.

자신들도 각지에서 보내온 전령들의 정보를 취합하여 보고할 뿐 도저히 믿을 수가 없었으니까.

흑천팔왕이 누군가?

그들 한 명 한 명이 웬만한 문파의 종사와 비견되는 자들이다.

처음에 흑천대살은 음모가 있다고 생각했다.

련의 병력이 삼천이나 빠져나간 지금이 반란을 꿈꾸는 자들에게는 최고의 기회였으니까.

허나 상대는 련의 병력을 도모하지 않았다.

상대가 노린 것은 오직 재물. 련의 재산 절반 이상이 파괴된 것이다.

"재물을 노렸다면 반란은 아니라는 소리군."

오체투지하고 있는 귀살들이 하나같이 몸을 부르르 떨었다.

자신들의 지존은 '반란'이라는 엄청난 단어를 언급하면서도 동요하는 기색 하나 없었다.

그야말로 자신감의 발로다.

귀살 중 하나가 용기 내어 대답했다.

"모두 남궁세가의 무공에 당했다고 전령을 보내왔습니다."

"……남궁?"

언제나 무심할 줄로만 알았던 흑천대살의 두 눈에 처음으로 이채가 서렸다.

그제야 흑천대살이 흑응을 새장에 넣었다.

전령들의 말로 들을 것이 아니라 도착한 서찰들을 직접 살피려는 것이다.

그렇게 흑천대살이 서찰 꾸러미들을 펼쳐 읽기 시작했다.

-제일지부 전령 귀살 마서량 보고.

부상 삼십이 명 외 전사자 무(無).

대곳간 전 구역 완전 전소.

부상자 증언을 토대로, 흉수의 무공은 이기어검술(以氣馭劍術), 의형검강(意形劍罡)으로 사료.

남궁세가(南宮世家)의 검식(劍式)으로 보임.

추측 무공 수위 절대지경(絶大之境).

칠무좌(七武座), 창천검협(蒼天劍俠) 유력.

-장강특무대 전령 귀살 염서악 보고.

부상 칠십오 명, 전사자 두 명.

정박 수리 중인 전선(戰船) 여덟 척 파괴, 그 외 전 상선(商船) 침몰.

이형환위(移形換位), 능공천상제(凌空天上梯), 어기충소(御氣衝溯), 일위도강(一葦渡江), 이기어검술(以氣馭劍術), 의형검강(意形劍罡)으로 사료되는 흑수의 무공 수위, 절대지경(絶大之境).

남궁검식(南宮劍式), 확실.

창천검협(蒼天劍俠), 유력.

서찰만 보고 이렇게 흥미로웠던 적이 또 있었던가?

서찰을 읽어 내려가는 흑천대살의 표정은 시시각각 뒤바뀌고 있었다.

마치 신기한 것을 본 아이처럼 미묘한 흥분으로 가득한 얼굴.

'……그 남궁수가?'

서찰의 내용이 정말 사실이라면 이건 강호의 대사건이다.

이런 건 사파 내에서도 가장 비열한 하류 인생들, 그 더러운 비도적(飛盜賊)들의 방식이다.

절대의 무인이 이런 치졸한 치고 빠지기라니!

절대의 무인이 작정하고 이런 식으로 나온다면 그 누구도 막을 수가 없다. 같은 절대가 아닌 이상.

그 고고한 칠무좌 남궁수가 스스로의 명성을 헌신짝처럼 내다 버린 것이다.

분명 대비의 움직임은 있을 것이라 생각했다.

그것은 무림맹의 첩보 조직을 모두 제거한 그 순간부터 이미 각오한 일.

허나 정파인들의 한계와 특성상, 경계가 강화되거나 맹의 지원을 받아 내는 데 그칠 것이라 생각했다.

그 정도로는 철저하게 비밀을 지킨 사·녹연합을 결코 막지 못할 것이었다.

그래서 흑천대살은 이번 출정에 많은 기대를 걸었다.

한데 무려 본진을 이런 방식으로 털 줄은 몰랐다.

모든 명예를 버리고 움직이는 단 한 명의 절대 무인.

명예를 죽음보다 더 소중히 여기는 정파인들에게 이런 밑바닥의 면모가 있었단 말인가?

피식.

남궁세가의 그 고고한 칠무좌가 처참하게 똥 바닥에서 구르고 있었다. 화가 나기보다는 어째서인지 승리한 기분이 들었다.

그렇다고 해도, 피해 규모는 결코 만만치 않았다.

"총사. 피해 규모가 얼마인가?"

공손히 시립해 있던 총사 서유(徐儒)가 무겁게 굳은 얼굴로 대답했다.

"일단 련의 재산만 대략 금화 이십만 냥 정도입니다. 팔왕(八王)님들의 개인적인 재산을 모두 파악할 수는 없어서 정확한 추산은 아닙니다."

금화 이십만 냥.

어지간한 현(縣) 서너 개쯤은 통째로 사고도 남을 돈이었다. 게다가 흑천팔왕들의 위세와 위계를 생각하면 그들의 개인 재산도 엄청나게 피해를 입었음이 틀림없었다.

단 한 사람이 이만한 피해를 끼칠 수 있다니!

명예를 버린 절대지경의 위력은 실로 엄청났다.

"일단 당천포에서 대기 중인 병력은 그대로 우기를 기다린다. 그리고 하오문과 각지의 설꾼(舌子)들을 동원하여 강호에 창천검협의 만행을 소문내도록. 빠르면 빠를수록 좋다."

"존명!"

분명 뼈아픈 피해를 입었지만 이상하게도 기분이 상하지가 않았다.

오히려 속이 상쾌했다.

그 고고한 칠무좌의 명성을 더럽히는 대가로 이십만 냥이라!

어찌 보면 싼 편에 속할 것이다.

이십만 냥 정도의 금화야 반년이면 회복할 수 있다. 상인들과 어부들을 좀 더 무리해서 괴롭힌다면 회복을 더 앞당길 수도 있었다.

허나 칠무좌의 명성을 더럽히는 일은 돈으로 해결될 일이
아니다.

"크하하하하하하!"

거대한 내공이 실린 흑천대살의 웃음소리가 대전을 가득
메우자, 여덟 귀살들이 고통스러운 얼굴로 귀를 막고 있었다.

그때, 대전의 문이 거칠게 열렸다.

거칠게 구긴 얼굴로 휘하의 천살들을 이끌고 대전으로 들
어서고 있는 자는 철권왕이었다.

"련주!"

가볍게 허리를 숙여 예를 표하던 철권왕이 살기등등한 얼
굴로 흑천대살을 쳐다보고 있었다.

"련주! 특살귀령대(特殺鬼靈隊)를 내어 주시오! 내 단숨에
남궁세가를 쳐부수고 오겠소!"

연신 거친 숨을 몰아쉬며 노기를 참고 있는 철권왕.

흑천대살은 그 모습을 흥미롭다는 듯 바라보고 있었다.

"그대의 장원도 털린 것이오?"

털렸다는 표현에 더욱 발광하는 철권왕.

"흥! 그 쥐새끼 같은 남궁수가 그리 치졸하게 나오니 어쩔
수 없는 노릇 아니겠소!"

"도대체 무슨 짓을 당했길래."

이어 철권왕이 상세하게 협곡에서 당했던 일들을 흑천대
살에게 설명해 주었다.

혹천대살이 또다시 터지고 말았다.

"크하하하하하!"

모두 듣고 보니 참으로 가관이었다.

강호의 그 어떤 절대의 무인이 그런 짓을 벌일 수 있단 말인가?

정파의 절대자가 그렇게까지 바닥을 칠 수 있다는 것이 이제는 오히려 경이로울 지경이었다.

그러나 흥미는 흥미에서 그쳐야 할 터. 감정적으로 련의 대계를 그르칠 수는 없었다.

"특살귀령대를 내줄 수는 없소. 어차피 곧 우기요. 곧 사·녹연합이 출정할 것이니 그들에게 맡겨 두시오."

혹천팔왕 중 다섯을 사·녹연합에 합류시킨 마당이었다. 이미 혹천련으로서는 위험 수위까지 고수들을 차출한 것이다.

총단과 제일지부가 있는 강서성에서 더 이상의 고수를 빼냈다가는 사천회가 움직일 빌미를 내주는 것이었다.

더욱이 창천검협이 쥐새끼처럼 설치는 이 마당에 팔왕 중에서 가장 강하다는 철권왕이 부재한다면 내부의 동요도 클 것이다.

한데 철권왕은 참지 못하고 있었다.

"지금 당장 남궁세가를 잿더미로 만들 것이오! 그 비열한 새끼들을 지금 치지 않는다면 언제 친단 말이오! 장원이 모두 불탔소이다! 내 장원이 말이오!"

흑천대살이 깍지를 낀 손으로 턱을 괴었다. 그 특유의 무심한 눈빛이 서서히 침잠했다.

"……거역인가?"

평소 흑천대살은 자신과 동시대를 살아온 철권왕을 존중해 주었다. 허나 지금은 흑천련주의 위계와 권위를 진득하게 드러내고 있었다.

"이경진(李慶珍)!"

철권왕은 사파의 전대 거두 흑백쌍괴의 밑에서 동문수학했던 동생의 이름을 오랜만에 부르고 있었다.

비록 무학적으로 지향하는 바가 달라 권(拳)과 검(劍)으로 갈라섰지만 그와의 오랜 추억은 단순히 위계 관계로 지울 수 있는 것이 아니었다.

"미치셨소?"

보는 눈이 많았다.

흑천대살의 두 눈이 처절한 잿빛으로 물들며 대전에 막강한 기운이 몰아쳤다. 비로소 절대경의 권위를 드러낸 것이다.

철권왕이 그대로 무릎을 꿇으며 한 맺힌 얼굴로 눈물을 글썽였다.

"이 형의 장원이 모두 불탔다! 거기에는 흑노(黑老) 사부의 유품도 있었단 말이다! 크흑흑!"

사람이 늙어 가면 추억으로 산다.

철권왕의 장원에는 단순히 재물만 있었던 것이 아니었다.

한데, 그때.

콰콰콰콰콰콰콰쾅!

벽력과도 같은 굉음과 함께 북 터지듯 대전의 지붕이 폭발했다.

사방에서 일어난 자욱한 먼지.

흑천대살이 강맹한 내기를 일으켜 먼지를 몰아내자.

뚫린 천장 위로 한 마리의 야조(夜鳥)처럼 허공을 누비는 철검이 눈에 들어왔다.

곧 그 철검에서 강력한 의형검강의 기운이 뭉게뭉게 피어났다.

'설마……?'

그 창천검협이 단신으로 흑천련의 총단을 부수고 있단 말인가?

부우우우웅!

창공을 가득 메운 거대한 발톱이, 그대로 대전을 향해 짓쳐들고 있었다.

검의 예기를 빌어 순간적으로 발출하는 검기와는 달리, 검강(劒罡)은 검수의 혼에 담긴 영기(靈氣)가 더해져 더욱 파괴력이 드높아진 지고한 경지다.

그런 무인의 오롯한 영기에 의념이 더해지면.

뜻을 일으키면 형태가 일어나는 단계, 즉 의형(意形)의 경지에 이르게 되는데 그때야 비로소 의형검강(意形劒罡)을 완성하게 된다.

강호의 무인들은 그 단계를 무혼(武魂) 혹은 절대지경(絶大之境)이라 말했다.

밤하늘에 고고히 떠 있는 의형강기.

그런 창룡의 거대한 발톱을 무심한 얼굴로 응시하던 흑천대살이 천천히 자신의 기세를 일으켰다.

저 정순하고 우직한 정도(正道)의 무혼과는 전혀 정반대 성향의 무혼이 대전에서 피어난다.

곧 그의 눈에서 잿빛의 사이한 기운이 흘러나온다.

사도(邪道)의 회안(灰眼).

수많은 목숨을 취하고 쌓아 올린 필생의 살예, 그 살업으로 벼려 낸 무혼은 타다 만 재처럼 회색빛이었다.

사패황의 일인이자 사도의 절대경 흑천대살의 무공은 정파의 그것과는 완전히 달랐다.

회회살천절예(灰灰殺天絶藝).

제오살(第五殺) 천겁묵룡아(千劫墨龍牙).

사방에서 처절한 살기를 머금은 흑광이 수없이 피어올랐다.

수백, 수천 개에 달하는 묵룡의 이빨이 그대로 거룡의 발톱을 향해 날아들었다.

무림 역사상 최강의 비도술이라는 사천당가의 만천화우가 저러할까.

그 엄청난 살예(殺藝)를 지켜보던 자들은 하나같이 온몸의

144 무림에 3
      살막교

털이 곤두서는 듯한 느낌을 받았다.

묵룡의 이빨 하나하나에 깃든 강력하고도 사이한 기운.

그런 소름 돋는 묵광(墨光)들이 마치 메뚜기 떼가 날아가는 듯한 파공음을 일으키며 밤하늘을 가득 메워 갔다.

한데, 곧 다가올 엄청난 충격파를 대비하고 있던 대전의 무인들이 하나같이 바보처럼 멀뚱멀뚱 눈만 뜨고 있었다.

"……."

"……."

거룡의 발톱이 공중에서 꺼지듯 갑자기 사라져 버린 것이다.

갈 곳을 잃은 수백, 수천의 묵룡 이빨들이 애꿎은 하늘만 가르고 있었다.

그 순간, 엄청난 굉음이 들려왔다.

콰콰콰콰콰콰쾅!

대전의 고수들이 하나같이 지붕 위로 신형을 날렸다.

탓탓!

지붕 위에 착지한 흑천대살과 철권왕, 천살들의 시선이 모두 북쪽으로 향했다.

총단의 북쪽 어귀에서 자욱하게 피어오른 먼지구름.

그곳은 총단의 모든 보물과 재산들을 보관하고 있는 흑천밀궁(黑天密宮)이었다.

'의형강기를 회수했다고?'

무혼을 발출하는 것보다 훨씬 더 어려운 것이 무혼의 회수.

사패황이라 불리며 흑천대살의 위명을 지닌 자신조차 엄청난 내상을 각오해야만 겨우 가능한 수법이었다.

한데 내상도 다스리지 않고 곧바로 흑천밀궁을 타격했다고?

아니다.

이건 애초에 대전의 지붕을 파괴했던 그 공격이 허초(虛招)였다는 뜻이다.

'……동시에?'

흑천대살은 황당하기 이를 데가 없었다.

의형지도의 묘용을 담은 두 초식을 동시에 일으키는 것.

물론 자신도 불가능한 것은 아니다.

문제는 누워서 이삼 개월은 족히 정양할 각오를 해야 한다는 것이다. 그 엄청난 심력의 소모를 생각하면 소름이 돋을 지경이었다.

한데, 실로 놀라운 광경이 펼쳐졌다.

부우우우웅!

고고하게 허공을 가르며 짓쳐 오는 두 자루의 철검!

곧 그 두 자루의 철검에서 동시에 의형검강이 피어올랐다.

"아니!"

늘 침잠한 기색을 유지하던 흑천대살의 두 눈에 처음으로 당황한 기색이 가득 어렸다.

이게 말이나 되는 일인가?

소모된 심력과 내공의 탈력감으로 서 있기조차 힘들 것이 분명하다.

한데 곧바로 의형지도로 공격해 온다고?

아무리 절대지경이라고 해도 이건 가능한 일이 아니었다.

그때, 두 자루의 철검이 동시에 방향을 바꾼다.

하나는 북서쪽.

하나는 동서쪽.

그 목표를 짐작하니 흑천대살은 기경할 노릇이었다.

총단의 북서쪽에는 병기고가 있다.

당금 황제의 외척 황의현의 부탁으로 보관하고 있는 수십 문의 대포와 수백 개의 포탄들!

게다가 포탄을 제조하기 위해 철저히 관리되고 있는 화약고까지!

저게 날아가면 그야말로 모든 게 끝장이었다.

황실의 권력, 그 판도마저 바뀔 수 있는 상황!

황실의 외척 황의현의 비호가 사라진다면 강서성에 대한 흑천련의 영향력은 앞으로 결코 장담할 수 없었다.

무조건 막아야 했다.

목숨을 걸고서라도!

흑천대살이 엄청난 경공을 일으켜 전각 위로 날아갔다.

자신의 내력을 극한까지 끌어올려 펼친 어기충소(御氣衝溯)!

곧 그의 두 눈에서 피어오른 잿빛이 더욱 진해졌다.

흑천대살이 자신이 지닌 살예의 궁극, 의념의 극한까지 펼처 일으킨 필생의 무혼, 그 전부를 토해 낸다.

회회살천절예(灰灰殺天絶藝).

제칠살(第七殺) 회인염귀천살(灰刃念鬼天殺).

그의 잿빛 강기 다발이 뭉치더니 곧 거대한 칼날(刃)로 화했다.

처참한 살기로 가득 물든 칼날이 그대로 거룡의 발톱과 맞섰다.

파스스슷!

흑천대살이 당혹했다.

또 실체가 없는 허초!

텁!

흑천대살이 회수한 자신의 검을 지그시 응시했다. 검날에 비친 자신의 얼굴이 야차처럼 참혹하게 일그러져 있었다.

콰콰콰콰콰쾅!

엄청난 충격파가 들려오자 그의 고개가 부서지듯 꺾어졌다.

저 멀리 거대한 창고 하나가 터져 나가고 있었다.

흑천대광(黑天大廣)이라 불리는 곳.

저곳은 흑천련의 모든 분타와 지부에서 보내오는 물자들이 보관되는 곳이다.

금화와 은자, 전표와 같은 화폐는 물론이고 각지의 특산품, 즉 곡식, 도자기, 비단, 향신료, 술, 목재 등 흑천련의 모든 실물 자산이 저곳에 보관되어 있었던 것이다.

한데, 그런 그곳이 불타고 있었다.

치미는 분노가 극에 이르러 머리가 터져 나갈 지경이 되자 흑천대살의 입에서 괴이한 신음이 흘러나왔다.

"끄으흐흐으으으......"

곧 그가 전각의 지붕 위에서 미친 사람처럼 주변을 살핀다.

기감을 넓게 펼쳐 아무리 상대를 찾으려 애써 봐도 결코 포착되지 않는다.

"끄아아아아아!"

터지는 광분.

사패황의 일인이자 절대의 무인인 흑천대살도 조휘의 만행(?) 앞에서는 철권왕과 비슷한 신세가 될 수밖에 없었다.

◆ ◈ ◆

끄아아아아아아!

짐승의 울음소리처럼 음울한 괴성이 고요한 산상의 정취를 휘감고 있었다.

조휘는 일주천을 마친 뒤 반개한 눈으로 내기를 갈무리하며 피식 웃었다.

'화가 많이 났군.'

무당의 양의심공은 실로 엄청난 효과를 보였다.

검총의 시조, 그 무명의 고대 현대인이 가장 심혈을 기울여

연구한 무공이 바로 양의심공(兩意心功).

일으킨 의념을 다시 두 개의 심상으로 나눠 서로 다른 위력으로 발휘하는 의형지도.

그런 엄청난 무학적 심득을 무아의 세계에서 고스란히 익힌 조휘였다.

위력은 대단했지만 막심한 심력(心力)의 소모만큼은 상당히 부담스러웠다.

조휘는 지독한 현기증으로 인해 눈을 감고 한참이나 진정하고 나서야 겨우 눈을 뜰 수 있었다.

'보다 많은 연습이 필요하다.'

이 정도 심력의 소모가 몸에 익으려면 제법 오랜 시간 동안 수련을 거듭해야 할 것이다.

고작 한두 초식을 발휘하고 현기증을 느낀다면 실전에서는 결코 활용할 수 없었다.

특히나 같은 절대경과 대인전 시 양의심공을 펼치고도 타격을 주지 못한다면 오히려 자신이 당할 것이 분명했다.

곧 조휘가 몸을 추스르고 자리에서 일어났다.

이제 슬슬 자리를 이동할 때가 됐다.

어느새 흑천련 총단의 일천 이백 고수들이 모두 튀어나와 철검이 날아온 궤적을 추적하여 역(逆)천라지망을 펼치고 있었다.

팟!

조휘가 경공을 일으켜 도착한 곳은 역설적이게도 총단의 내부, 가장 깊숙한 흑천각(黑天閣)의 처마 밑 어둠 속이었다.

귀살, 흑살들이 모두 자신이 있었던 뒷산 쪽으로 수색을 나간 틈을 타 오히려 내부로 들어와 버린 것이다.

조휘가 곧바로 철검 두 자루를 허공에 띄웠다.

'이런!'

양의심공을 펼치기 위해 급하게 구입했던 철검에 실금이 가 있었다.

아버지께서 심혈을 기울여 만든 조가철검과는 달리 확실히 내구성에서 차이가 나는 것이다.

병기고와 화약고, 그리고 흑천대살의 개인 금고가 있다는 흑룡당(黑龍堂) 등 아직 중요한 타깃이 여럿 남아 있었다.

이대로라면 양의심공의 의형지도는 두세 초식이 한계.

선택과 집중이 필요할 때였다.

'일단 병기고를 조진다.'

강호제일비(江湖第一秘).

그 대단한 비밀정보상 야접(夜蝶)에게 접근해 천금을 주고 산 정보였다.

그들은 입을 모아 저 병기고가 흑천련의 가장 치명적인 약점이라고 단언했다.

정보에 의하면 이 미친놈들은 당금의 황제, 그의 외척과 내통하고 있었다.

151

대포와 화약은 민간에 유통될 성질의 물건이 아니었다.

가장 엄격하게 관리되고 있는 제국의 재산!

황실의 외척인 황의현은 그런 제국의 군수 물자를, 그것도 가장 엄격히 관리되고 있는 대포와 화약들을 빼돌려 흑천련의 창고에 맡겼다.

황실 금군(禁軍)과의 전투를 대비해 목숨을 걸고 빼돌린 것이다.

이 사실이 세상에 알려지는 날에는 외척 황의현뿐만 아니라 흑천련 역시 역도의 무리들로 규정될 것이었다.

과연 사파인 건가?

가히 미친 강심장들이었다.

하지만 이런 엄청난 위험 부담은 반드시 엄청난 이권이 되어 되돌아온다.

강력한 권력 집단인 황실의 외척을 등에 업은 흑천련은 강서의 지배권을 더욱 공고히 행사할 수 있었을 것이다.

'흠⋯⋯.'

그렇게, 조휘의 장고가 시작되었다.

과연 파괴만이 능사인 건가?

저 정도 규모의 화약고가 터진다면 틀림없이 관의 이목이 집중될 터.

강서성의 감찰관들이 들이닥친다면 틀림없이 그 모든 전모가 대명천하에 드러날 것이다.

그런 일이 벌어지면 자칫 강호를 향한 황실의 탄압이 일어날 수가 있었다. 그런 일은 결코 조휘가 바라는 일이 아니었다.

오히려 이런 건 이용을 해야 했다.

결심한 조휘가 가득 내공을 일으켜 육합전성으로 일갈했다.

-흑천대살! 거래다!

사방에서 들려오는 조휘의 음성에 가장 먼저 반응하는 자는 철권왕이었다.

"개 시발 남궁수! 이 씹어 먹어도 시원찮을 놈아! 어디 숨었냐? 나와라! 나와라 치졸한 새끼야!"

길길이 날뛰는 철권왕.

-조무래기는 빠져 이 새끼야. 대장 나오라고!

흑천팔왕의 일인이자 화경의 극에 달한 사파의 패자인 자신이 조, 조무래기?

눈이 뒤집힌 철권왕이 사방의 전각을 부수기 시작했다.

콰콰콰쾅!

"크아아아아! 어디 숨은 것이냐! 나와라! 나와라 이 개 같은 새끼야! 이러고도 네놈이 협이니 정의니 양심이니 지껄이는 정파라고 할 수 있느냐!"

-뭐래 병신이.

철권왕이 더욱 날뛰기도 전에 육합전성이 또다시 들려온다.

-도박장, 매음굴, 염왕채, 청부살인 등 온갖 더러운 짓을 서 슴지 않는 네놈들과 설마 지금 내가 비교당하는 거냐?

흑천련은 대놓고 표면적으로 활동할 수 있는 사업 이외에 도 밤(夜)의 세계도 지배하고 있었다.

합비의 밤과는 그 향락의 수준 자체가 달랐다.

합빈관이 오히려 초라해 보일 지경.

합빈관이 청춘 남녀들의 뜨거운 열정, 귀공자들의 경쟁심 으로 장사를 한다면, 남창은 오로지 진득한 쾌락과 본능만을 팔았다.

남창의 밤거리에는 수많은 매음굴의 창부들이 호객하고 있었고, 해가 뜨면 수십 구의 칼침 맞은 시체들이 매일같이 드러났다.

도박 빚을 이기지 못해 염왕채에 손을 댄 장정들이 목을 매 는 암울한 광경과, 부랑자들의 양심 없는 손이 그런 자살자들 의 품을 뒤지는 일은 그리 놀라운 장면도 아니었다.

그 모든 밤의 사업, 그 이권을 추적해 보면 하나같이 흑천 련과 연결되어 있었다.

어처구니가 없게도 그런 흑천련이 지금 조휘에게 양심이 니 협의니 말하고 있는 것이다.

-인간이기를 포기한 것들이 개소리는 겁나 찰지네? 헛소리 하지 말고 빨리 대장이 나서라. 야 흑천대살. 안 나오냐 이 새 끼야? 대장이라고 꼴에 무게 잡는 거냐? 황의현이 화약 다 터 뜨린다? 못 할 것 같지?

상대의 입에서 황의현이라는 이름이 나온 순간 흑천대살 은 등줄기가 축축해졌다.

사실 그는 육합전성에 담긴 희미한 의념을 역추적하고 있 었다. 하지만 간교하게도, 상대는 자신의 의념을 철저하게 숨 기고 있었다.

"말하라."

-내가 작정하고 계속 이런 식으로 공격한다면 당신들 재산 이 더 이상 남아나겠어?

"……."

인정하기 싫었지만 사실이었다.

절대경의 고수가 무인의 명예를 생각지 않고 이런 식으로 치고 빠지기만 반복한다면 솔직히 막을 방법이 없었다.

-강서에서 철수해라. 아니면 그대로 강서성주, 아니 그놈과도 한패겠지. 그냥 황제에게 고하는 것이 낫겠군. 알아들었냐?

황실의 외척이 무림방파와 손을 잡고 화포와 화약을 몰래 빼돌려 보관하고 있었다는 사실이 알려진다면 반드시 관과 무림의 불가침이 깨어질 터.

그런 일이 벌어진다면 황실의 창칼이 정(正)과 사(邪)를 가릴 것 같은가?

흑천대살이 어이가 없다는 듯한 얼굴을 했다.

"미친 새끼. 다 같이 죽자는 건가?"

우우우우웅!

새하얀 검강을 머금은 두 자루의 철검이 흑천련 총단 상공에 떠올랐다.

또다시 뭉게뭉게 피어오르는 의형강기.

흑천대살이 피가 나도록 입술을 깨물며 일갈했다.

"그만!"

무혼이 집약되던 두 철검의 기세가 씻은 듯이 사라졌다.

-강서에서 철수할 건가?

놈의 강짜에 정말 질려 버릴 지경이었다.

아니 삼패천이 무슨 동네 무관인가?

수많은 지부들과 분타, 거기에 총단까지 철수하는 것을 저리도 어린아이 장난처럼 이야기하다니!

흑천대살이 여전히 가득 깨문 입술로 대답했다.

"흑천련 팔천 무인의 생사가 달린 일. 불가능한 일을 협상하려 들지 마라."

-그럼 협상 결렬인가? 병기고와 화약고가 터져도 네놈의 팔천 부하가 무사할 수 있단 소리지? 이 꽉 깨물 수 있겠어?

"……."

부들부들.

반박할 수 없으니 더 죽이고 싶다.

아니 그런데 놈이 진짜로 그 명예로운 남궁수가 맞단 말인가?

무공은 분명 남궁세가의 절대(絶大)가 분명한데, 하는 행동은 꼭 삼류 파락호 같은 것이 수상한 점이 한두 개가 아니었다.

목소리도 육합전성으로 사방에서 울리며 들려왔기에 연배

157

조차 추측이 불가능했다.

"일단 모습을 드러내도록. 숨어서 무슨 협상을 하자는 건가?"

-철권왕에 흑살 천살들 줄줄이 달고 있으면서 대면 협상을 하자고? 내가 사파 새끼들을 모르냐 이 새끼야? 어이 철권왕이. 아무리 기감 펼쳐 봐야 소용없으니 헛짓거리 그만해라. 이 새끼들 이거 자꾸 시간 끌려고 하는 이유가 있었구만?

순간, 두둥실 공중에 떠 있던 두 자루의 철검이 각자의 방위로 맹렬히 날아가기 시작했다.

휘우우우웅!

"안 돼!"

-돼!

흑천대살이 부하들과 재빨리 눈짓을 주고받은 뒤 화약고 쪽으로 몸을 달렸다.

철권왕과 천살들이 절정의 궁신탄영(弓身彈影)을 일으켜 반대편 철검이 날아간 방향으로 짓쳐 들었다.

그야말로 폭발적인 경공!

흑천대살은 뭉게뭉게 피어오르는 상대의 의형검강을 죽일 듯이 바라보고 있었다.

화약고를 일순위로 방어해야만 했다.

절대의 무공은 같은 절대가 맞이할 수밖에 없는 법.

자신이 화약고에 올 수밖에 없다는 것을 상대는 분명하게 인지하고 있다.

때문에 필시 눈앞의 의형검강은 허초일 확률이 높았다.

뻔히 보이는 수작질인데도 화약고를 막을 수밖에 없다는 것에 더욱 열불이 터진다. 만에 하나 눈앞의 의형검강이 허초가 아니라면 모든 게 끝장이기 때문이다.

그렇게 흑천대살은 쇄검에 자신의 모든 내력을 쏟아부었다.

쏴아아아아아!

역시 천겁묵룡아(千劫墨龍牙)의 파편들이 제왕의 검초에 제대로 파고들기도 전에 허초임을 깨닫는다.

콰콰콰콰콰쾅!

저 멀리 터져 나가고 있는 흑룡당.

흑천련의 이인자인 철권왕조차 속수무책으로 당했는데, 흑·천살들이라고 무슨 뾰족한 수가 있겠는가.

절대의 무인이 시전한 이기어검의 검속을 따라잡기란 그들로서는 애초에 무리였던 것이다.

결국 흑천대살은 또 한 번 눈이 돌아 버렸다.

"이런 개 시바아아아알!"

부하들의 보고들을 들으며 지시만 하던 무료한 세월.

이런 거친 쌍욕이 입 밖으로 나오는 것은 참으로 오랜만이다.

잔인한 흑도의 강호.

달랑 검 한 자루 허리에 차고 누비던 그 치열했던 옛 세월이 떠오른다.

소싯적 기억에 저절로 몸이 후끈 데워지는 흑천대살.

오늘 흑천대살은 천살검귀(天殺劍鬼)라 불리던 과거로 완벽히 돌아왔다.

"그래 이 새끼야! 네놈의 내공과 심력이 먼저 바닥나든지 본 총단이 모두 부서지든지 어디 한번 신명나게 놀아 보자꾸나!"

곧 흑천대살이 사방을 향해 외쳤다.

"천살들에게 련(聯)의 명을 전한다! 휘하들을 모두 이끌고 화약고에 집결하라!"

사방에서 울려 퍼지는 흑도 사나이들의 강대한 목소리!

-충(忠)!
-존명(尊命)!

첨각 아래 어둠 속에서 몸을 숨기고 있던 조휘가 얼굴을 굳혔다.

상대가 흑천련 총단의 모든 병력을 동원하여 화약고만 막겠다는 뜻을 천명한 것이다.

절대경의 흑천련주 그 자신도 화약고를 방비하고 있으니

이제 화약고는 난공불락이나 다름없었다.

그야말로 배수진!

상대가 이렇게 나온다면 달리 방도가 없었다. 이미 주요 타깃은 모두 파괴된 상태.

'음⋯⋯.'

조가대상회 입장에서 가장 좋은 상황은 강서성이 무주공산(無主空山)이 되는 것이겠지만, 그것이 불가능하다면 다른 실리를 추구해야만 했다.

-세계 나오네? 좋아. 그럼 협상 수위를 낮춰 볼까?

흑천대살이 비릿하게 웃는다.

"말하라."

-내 요구는 세 가지다. 첫째, 당천포에 집결시켜 놓은 병력을 해산하고 녹림과의 동맹을 끊을 것, 둘째, 이 강서 땅에 조가대상회의 이름으로 행사하는 모든 사업을 허(許)할 것. 셋째, 포양호 일대의 땅을 조가대상회가 원하는 만큼 매각할 것. 이번 요구는 결코 물릴 생각이 없다. 이 요구가 관철되지 않는다면 흑천련의 재산에 대한 공격이 영원히 지속될 것을 내 확실히 장담하지.

흑천대살은 더 이상 웃을 수가 없었다.

당천포에 집결된 병력.

그리고 사·녹연합.

그야말로 철저하게 지킨 비밀이었다.

정보가 새어 나가는 것을 막기 위해 모든 세작들을 분쇄했다.

오가는 전령 역시 철저히 점조직으로 운영했다. 전령 하나 족친다고 파악할 수 있는 정보가 아닌 것이다.

련의 내부에서도 흑살급 위계 이상의 고수들에게만 허락된 정보.

무림맹조차 파악하지 못하고 있을 거라 확신하고 있었는데 상대가 아무렇지도 않게 언급해 버린 것이다.

거기에 조가대상회(曹家大商會).

안휘의 상계를 지배하고 있는 이 초거대 상회가 바로 이번 출정의 근본적인 이유다.

은밀하게 파악한 정보로는 조가대상회의 연 추정 수입은 자그마치 금화 칠십만 냥.

흑천련이 강서성에서 벌어들이는 연 수입과 맞먹는 돈이었다.

이번 출정을 성공했다면 초거대 상권을 자랑하는 강서성과 비슷한 규모의 성을 하나 더 먹는 셈이었다.

본래 안휘성은 강서성의 경제 규모에 비해 절반에 지나지 않았다.

하지만 조가대상회는 기상천외한 발명품과 독특한 사업 방식으로 안휘성을 별천지로 바꿔 놓았다.

지금 이 순간에도 끊임없이 유입되는 인구로 인해 관(官)의 행정이 마비될 지경이라는 소문이 파다하다.

그런 조가대상회가 포양호에 새로운 상권을 연다면?

가만 생각해 보니 흑천련의 입장에서 해(害)가 될 것 같지는 않았다.

소주와 항주를 넘어섰다는 합비.

그 별천지의 세계가 강서의 남창에 펼쳐진다고 생각해 보니 오히려 쌍수를 들고 환영할 일이 아닌가?

분명 남창도 합비처럼 엄청난 인구 유입으로 인해 북새통을 이룰 것이고, 이는 상권 자체가 더욱 커진다는 의미였다.

하지만 그들이 사파의 영역에서 사업을 시작한다면 무림맹의 따가운 눈초리를 받을 것이 틀림없을 터.

'그래서 철저하게 조가대상회만 내세우고 있는 건가?'

물론 조가대상회가 남궁세가의 영향 아래 있다는 사실은 모두가 아는 사실.

남궁세가가 흑천련과 손잡고 강서에서 사업을 벌인다는 소식이 무림맹에 전해지면 그들이 어떻게 나올지도 상당히 흥미로웠다.

흑천대살이 결심한 듯 강대하게 외쳤다.

"수용하겠다."

그러자 그의 옆에 모여 있던 수하들이 기경했다.

"련주!"

"안 됩니다!"

이유야 어찌 되었든 삼패천의 일천(一天)이자 흑도무림을 대표하는 흑천련이 단 한 사람의 힘에 의해 굴복하는 모양새다.

"……딱히 대책이 있는가?"

대책이 있을 리가 없다.

독한 마음을 먹은 절대경 무인의 깽판을 무슨 수로 막을 수 있단 말인가.

흑천대살이 다시 목청을 드높였다.

"단! 포양호의 상권을 두고 무림맹이 어깃장을 놓을 시 공동 대응을 약속하라!"

-당연한 소릴! 그런 일이 생긴다면 오히려 내가 먼저 나서서 무림맹을 징치하겠다!

'음?'

잘못 들었나 싶었던 흑천대살이 주변의 휘하를 둘러보며 입을 열었다.

"징치? 방금 저자가 무림맹을 징치한다고 했나?"

"그렇습니다. 련주님."

"저도 분명 그렇게 들었습니다!"

징치란 잘못을 꾸짖고 벌을 내린다는 의미다.

남궁세가가 무림맹을 징치한다라!

기가 차는 그 말에 흑천대살은 헛웃음이 흘러나왔다.

"남궁수, 저 창천검협이 미쳐 버린 건 확실한 것 같군. 일이
재밌게 돌아가는구나."

단일 세력으로는 가장 강대한 세력을 자랑하는 것이 무
림맹.

그런 엄청난 자들과 척을 지는 것도 마다하지 않겠다는 선
포다.

그것도 무려 오대세가의 일익을 담당하는 저 남궁이!

"좋다! 협상은 타결되었다!"

그렇게, 흑천대살의 인생에서 가장 잔인하고도 어리석은
결정이 마침내 매듭지어졌다.

第19章.

포양호 대흑객잔의 이 층.

염상록이 남궁장호와 장일룡을 번갈아 흘깃거리며 눈치를
보고 있었다.

"혹시 반로환동?"

남궁장호가 자신을 바라보고 있는 염상록에게 의문을 표
했다.

"······나 말인가?"

슬며시 고개를 끄덕이는 염상록.

남궁장호가 짜증난다는 듯 인상을 찌푸렸다.

"아침부터 뭔 헛소리를 늘어놓는 것이냐."

"아니, 말이 안 되잖아? 많이 잡아도 당신은 이십대 후반 정도로 보이는데, 사십대 중년인에게 형님 소리를 듣고 다니면 뻔한 거 아닌가? 주안술(朱顔術)을 익힌 게 아니라면 반로환동(返老還童)이겠지."

장일룡이 의뭉스러운 표정을 했다.

"중년인? 여기에 중년인이 어디에 있는데?"

염상록이 오히려 되물었다.

"당연히 당신이지. 주종 관계도 아닌 것 같은데 왜 새파랗게 어린 저자에게 형님이라고 하는 거지?"

"……."

장일룡이 가장 듣기 싫어하는 소리가 '중년인'과 '대협'이다. 지금 염상록이 섶을 지고 불구덩이에 뛰어들고 있는 것이다.

"이런 싯팔 새끼가!"

제갈운이 서둘러 장일룡의 두 팔을 잡으며 외쳤다.

"장 부장은 이제 스물셋이에요!"

염상록이 황당한 얼굴로 되물었다.

"뭐라고? 에이 농담이겠지?"

"크아아아아아악!"

장일룡이 발광하자 염상록이 기겁하며 물러선다.

배분과 연배에 지독히 집착하는 정파 놈들이다. 굳이 처음 보는 자신에게 나이를 속일 리가 없는 것이다.

"당신이 정말로 나보다 네 살이 어리다고?"

아니 무슨 사람이 얼마나 고생을 해야 저 나이에 저런 얼굴이 될 수 있을까.

분명 지옥 같은 사선의 삶을 넘나들며 견뎌 왔을 것이다.

다시 보니 저 근육들도 보통 근육이 아니었다.

이를 가만히 지켜보던 진가희. 귀신처럼 창백하던 그녀의 얼굴이 더욱 희게 변했다.

"진짜 소름이 다 돋네요. 정말 저 얼굴이 스물셋이라구? 호호!"

장일룡이 어처구니가 없다는 듯한 얼굴로 자신의 팔에 돋아난 닭살을 그녀에게 들이밀었다.

"씻팔 내가 더 소름이다. 인간임이 아직도 믿기지 않는 귀신 년아."

"뭐래. 겉만 겁나 늙은 주제에."

"미친. 얼굴에 피는 통함?"

그렇게 소란스러운 그때 조휘가 등장했다.

"조 봉공!"

자신에게 예를 표하는 남궁장호를 가늘게 노려보는 조휘.

"거 포권 푸시죠? 아니 저걸 왜 저렇게 못 참는 거지? 하루라도 포권을 안 하면 막 온몸에 두드러기가 나시나?"

"……."

남궁장호가 씁쓸한 얼굴로 삿갓을 내려 여미자 제갈운이 의문의 얼굴을 했다.

"그게 다 뭐예요?"

171

제갈운이 바라보고 있는 것은 조휘의 손에 들려 있는 서류 뭉치.

이에 조휘가 퉁명한 얼굴로 서류 뭉치를 탁자 위에 툭 던져 놓았다.

몇 장 살펴보던 제갈운이 기겁을 했다.

"이, 이건!"

수백 개의 땅 문서!

게다가 필지를 살펴보니 소유주가 모두 흑천련이다.

그런데.

"가만……? 저에게 모든 전표를 주고 가셨잖아요?"

그가 상인들의 땅을 매입하라고 준 전표 다발이 모두 자신에게 있었던 것.

그 말인즉.

"흑천련은 자신들의 모든 땅을 무상으로 내놓기로 했습니다."

제갈운이 어이가 없다는 얼굴을 했다.

저 조휘를 조금이라도 안다면 절대로 하지 못할 결정이다.

그야말로 강호 최대의 호구가 걸려든 것이다.

◆ ◈ ◆

남궁세가의 집무실 안.

세가주 남궁수는 내원주가 들고 온 보고서를 도저히 믿을 수 없었는지 몇 번이고 확인하고 있었다.

"아니 이게…… 무슨 이런 개 같은……!"

부들부들.

절대의 무혼을 일신에 담은 후로, 가주의 위(位)에 오른 이후로, 이런 거친 상욕을 입에 올린 적이 과연 있었던가.

보고서에는 강서성에서의 창천검협의 영웅적인(?) 일대기가 적혀 있었다.

세가 밖으로 나간 적도 없는 판국에 이 무슨 개소리란 말인가?

흑천련에 심대한 타격을 준 것은 물론 기꺼운 일이다.

허나 그 방식이 문제.

보고서 속의 무용담을 들여다보라!

전설의 이기어검술과 의형검강.

전설의 일위도강과 능공천상제.

그 전설적인 무위들이 오로지 상대의 재산을 파괴하는 목적으로만 쓰였다.

그것도 오연히 무위를 드러낸 것이라면 또 모르겠는데 철저하게 숨어서 급습, 즉 뒤통수만 쳤다고 한다.

흑천련의 모든 창고를 불태웠다.

물론 뛰어난 전공이다.

하지만 이런 걸 과연 무용담이라 부를 수 있을까.

창천검협(蒼天劒俠).

세가를 대표하는 청명(淸名)이자, 칠무좌(七武座)의 고고한 상징이다.

이런 짓은 그런 명예로운 이름으로 행사할 수 있는 일들이
아니었다.

그렇게 세가주 남궁수가 떨리는 손으로 몇 번이나 서찰의
내용을 확인하고 있었다.

서찰의 맨 마지막 줄.

-죄송합니다. 가주님.

지독히 떨리는 필체.

소제갈의 고뇌와 송구함이 역력하게 느껴지는 필체다.

"허……."

물론 조휘 일행의 전공은 실로 놀랍기 그지없었다.

단 네 명의 정파 후기지수들이 이룩한 성과라고는 도무지
믿을 수가 없을 정도.

무림맹에서 파악조차 못 하고 있었던 사·녹연합, 그 실체
를 파악한 것만으로도 놀라운데 해체를 시켜 버렸다고 한다.

자그마치 일만(一萬)!

그 거대한 병력이 그대로 안휘로 쳐들어왔다면 남궁세가
의 존망조차 위태로웠을 것이다.

분명 무림맹주가 직접 영웅의 칭호를 하사하고 상을 내려
도 모자람이 없는 성과다.

하지만…….

"크흑!"

순간 세가주 남궁수가 가슴을 움켜쥐며 비틀거린다.

갑자기 도진 심통(心痛)!

"가주님!"

내원주 남궁백이 기경하며 다가가 남궁수를 부축한다.

"괜찮소…….."

앞으로 어떻게 고개를 들고 다닐 수 있단 말인가.

정파무림의 명숙들이 겉으로 내색이야 하겠냐마는, 분명
내심으로는 자신의 강서영웅담(?)을 경멸할 것이다.

'이를 어쩐단 말인가.'

의형검강의 무위로 펼친 남궁세가의 검초라.

그런 무위가 가능한 자는 남궁세가에 단 세 명. 자신과 백
부님, 그리고 봉공의 위(位)에 오른 조휘다.

백부님인 남궁성찬은 담로원에서 두문불출하였고, 자신도
정무가 바빠 세가에서 외출한 적이 없으니 틀림없이 이 모든
사태는 조휘가 벌인 일일 터.

더욱이 세가의 무공을 전수한 것은 자신이지 않은가.

흑천련에서 손을 썼는지 자신의 화려한 무용담은 이미 강
서를 넘어 호북과 호남, 안휘까지 퍼지고 있었다.

결국 창천검협(?)의 이 모든 기행은 온 강호에 널리 알려질
것이다.

"후……."

심통에 이어 두통까지 함께 밀려온다.

어쩌겠는가.

이 모든 것이 조휘를 세가의 휘하에 두겠다는 자신의 욕심 때문인 것을.

"서찰이 하나 더 있습니다. 가주."

남궁수가 힘없는 목소리로 대답했다.

"……또 무슨 소식이오?"

남궁수가 난감해하는 남궁백의 표정을 살피더니 모든 것을 내려놓은 사람처럼 오히려 얼굴이 편안해졌다.

"괜찮소. 어서 보여 주시오. 한꺼번에 갑시다."

남궁백인 연신 우물쭈물하더니 결국 그도 모든 것을 내려놓고야 말았다.

"장호가 보낸 서찰입니다."

"음……."

건네받은 서찰을 펼치는 세가주 남궁수.

그렇게 서찰을 내려 읽던 그의 두 동공이 점점 지진을 만난 듯 흔들린다.

남궁수가 가주의 체통도 잊고 거친 욕설을 내뱉었다.

"이, 이! 이런 개쌍……!"

"가, 가주님!"

조가대상회가 남궁세가의 영향력 아래 있다는 것을 모르

는 강호인은 없다.

조휘가 조가대상회의 이름으로 벌인 모든 행사에 창천검패를 앞세웠기 때문이다.

게다가 얼마 전 조가대상회의 조휘에게 봉공의 위(位)를 하사했다는 성명을 세가의 직인을 찍어 공표한 마당이었다.

그런데 그 조가대상회의 이름으로 강서의 땅을 모두 사들였다?

그것도 모자라 또 무슨 술수를 부렸는지 흑천련의 수백만 평 땅을 무상으로 증여받았다고 한다.

광활한 포양호의 주위로 펼쳐진 상권, 그 절반 이상의 영역을 모조리 잡수셨단다.

조휘가 그 땅을 확보한 뒤 할 짓이라고는 뻔하다.

포양호의 남창을 이 합비처럼 만들려는 것이다!

흙빛으로 변한 남궁수의 얼굴.

정파무림의 상징이라고 할 수 있는 오대세가의 남궁세가가, 상회를 동원하여 흑도사파의 세력권 안에서 장사를 한다?

사업을 하다 보면 필연적으로 흑천련과 이익을 나눌 수밖에 없다.

이건 무림맹에서 축출될 수도 있는 엄청난 사안이다.

-죄송합니다 아버지. 소자가 불민하여…….

서찰의 마지막 줄을 채 읽지도 않고 거칠게 움켜쥐고 마는 남궁수.

"아, 안 돼! 지금 당장 남창으로 가겠소! 준비해 주시오!"

"가주! 고정하시지요!"

"이 판국에 무슨 고정이란 말이요! 세가가 망하는 걸 지켜만 보란 말이오?"

마치 곧바로 경공술이라도 펼칠 듯한 기세다.

그런 가주를 바라보던 남궁백은 오히려 자포자기하는 심정이 되어 버렸다.

남궁백이 곁에 시립해 있던 총관을 불렀다.

"총관. 밀행(密行)을 준비해 주시오. 무력대는 필요 없소이다. 가주님과 단둘이 갈 것이오."

"분부대로 준비하겠습니다."

◆ ◈ ◆

아침 일찍부터 오후가 될 때까지 한 차례의 미동도 없이 포양호만 바라보고 있는 조휘.

그렇게 광활한 포향호의 수변을 침참한 눈으로 응시하고 있는 조휘에게 제갈운이 다가간다.

"또 무슨 생각을 하는 거죠?"

조휘가 슬며시 웃었다.

"중원인들이 과연 다닥다닥 붙어살 수 있을까? 그런 생각을 하고 있습니다."

"다닥다닥 붙어산다? 뜬금없이 그게 무슨 소리예요?"

조휘가 돌연 다른 주제를 들고 나왔다.

"제갈 과장님의 토목기관지술(土木機關之術), 그 고견을 한번 들어 봅시다. 현재 중원의 기술로 최대로 높이 올릴 수 있는 전각의 층수는 어느 정도입니까?"

뜬금없는 주제의 질문에 제갈운이 짐짓 당황하다 입을 열었다.

"동원할 수 있는 재원이 얼마나 되죠?"

"무제한입니다."

제갈운이 소름 돋은 얼굴로 다시 되물었다.

"사람이 거(居)해야 하나요?"

무제한의 재원에 단순한 조형물 성격의 탑이라면 십 층이고 이십 층이고 쌓아 올릴 수 있다. 하지만 객잔처럼 사람이 주거해야 한다면 차원이 다른 문제다.

"물론입니다."

"음…… 대략 오륙 층 정도가 한계이겠군요. 정말 무리해서 설계를 한다면 칠 층까지는 어떻게 가능할지도 모르겠네요."

무제한의 재원이 동원된다 할지라도 현 중원 건축 수준의 한계는 명확했다.

강호에 가장 높은 층수로 명성 높은 항주의 천상황홀루(天

上恍惚樓), 그 거대한 전각의 층수도 육 층이었다.

목재라는 원자재의 물리적 한계.

그 특유의 하부 구조상 상층으로 가면 갈수록 용적률이 작아질 수밖에 없었다.

"목골(木骨)이 아니라 철골(鐵骨)이라면 어떻습니까? 물론 강철입니다."

제갈운이 황당한 표정을 지었다.

철골?

그 엄청난 기둥들과 기본 뼈대들을 모두 강철로 바꾼다?

소에 매다는 쇠쟁기 하나의 시세가 평균적으로 은자 사십 냥이다. 철은 목재처럼 그런 흔한 재료가 아니다. 얼마나 많은 돈이 들어갈지 가히 상상도 되지 않았다.

한데 만약 그게 가능하다면…….

"좀 더 정확히 계산을 해 봐야 하겠지만 목골의 두 배는 넘을 것 같은데요? 강철이라면 하중을 견디는 장력 자체가 다르니까요."

"그럼 철골이라면 십 층은 무리 없이 가능하다는 뜻입니까?"

"네. 충분히요."

그제야 조휘가 희게 웃었다.

"그 정도면 됐습니다. 철골의 십 층 전각(十層殿閣). 오늘부터 그 설계를 부탁드리겠습니다."

"네? 도대체 왜 그런 짓을? 차라리 그 돈으로 이삼 층짜리 전각 수십 채를 짓는 편이 훨씬 효율이 높을 텐데요? 너무 비효율적이잖아요."

철골의 전각이라!

그런 전각이라면 한 채에 도대체 얼마나 많은 은자가 소모될지 제갈운은 감조차 잡을 수 없었다.

문득 조휘의 시선이 저 너른 포양호의 끝자락으로 향했다.

"저는 저기 호수 변 끝자락에 그런 전각을 스무 개 이상 지어 올릴 겁니다."

"뭐, 뭐라고요?"

아니 그 무슨 뚱딴지같은 소리란 말인가?

천문학적인 은자가 소요되는 점은 둘째로 치더라도, 호수 변 한 자락을 모조리 십 층짜리 전각으로 채운다는 그 미친 발상 자체부터가 이해되지 않았다. 십 층의 전각 하나만 해도 이 포양호의 상징적인 건물이 될 터였다.

조휘가 씨익 웃었다.

"언제든지 창밖을 열면 호수의 정취를 흠뻑 마실 수 있는 삶. 드높은 곳에서 한눈에 바라보는 대자연. 집 밖으로 나가면 늘 화사하게 반겨 주는 수변 정원의 기화이초."

"네? 그 무슨……."

지금 조휘가 말하고 있는 것은 명백한 주거(住居)다.

땅을 매입했으니 이제 상권을 조성할 줄로만 알았는데 전혀 다른 뭔가를 들고 나온 것이다.

"아니 그럼 그 십 층짜리 전각이 사람이 사는 집이란 말인가요?"

그 엄청나게 큰 전각을 한 가족이 쓴다고?

하지만 조휘의 입에서 흘러나온 대답은 전혀 다른 개념이었다.

"제갈 과장님이 완성한 설계도 초안을 봐야 정확한 용적률이 나오겠지만, 일단은 층(層) 하나당 두 채의 집을 생각하고 있지요."

순간적으로 멍해지는 제갈운.

층당 두 가구라면 그럼 십 층짜리 전각 하나당 이십 개의 가문이 살아야 한단 말인가?

"아, 아니 조 소협 그건……!"

가문(家門)이 뭔가?

자고로 한 울타리다. 일가(一家)라는 말이 괜히 나온 것이 아닌 것이다.

어떻게 수많은 가문이 전각 한 채에 몽땅 살 수 있단 말인가?

전혀 생소하고도 엉뚱한 개념.

애초에 사람들이 살려고 들지도 않을 것이다.

그런 제갈운의 황당한 속내를 읽었는지 조휘가 부드럽게 웃으며 말을 이어 나갔다.

"일 층에는 조가객잔과 조가성심당이 들어설 겁니다. 이 층에는 조가상단에서 유통되는 물건을 판매하는 조가상점이

들어설 예정이지요."

조휘의 미소가 더욱 진해졌다.

"십 층 전각에 사는 사람들은 굳이 냉차나 혹청수, 육겹면 포를 사러 먼 길을 나서지 않아도 됩니다. 직접 양조장에 가서 한빙주를 사 올 필요도 없지요. 계단을 타고 단 몇 층만 내려 오면 조가대상회가 펼쳐져 있으니까요."

"아!"

제갈운은 마치 정수리를 관통당하는 듯한 격렬한 충격에 휩싸였다.

조휘의 입에서 흘러나온 진의(眞意)를 곧바로 깨달은 것 이다.

단 한 번도 생각해 보지 못한 주거의 개념!

그 혁명적인 조휘의 발상 앞에서 제갈운은 또 한 번 몸서리 가 쳐졌다.

"그런 집이라면 분명 수요가! 아니 서로 살려고 들겠군요?"

"후후. 철골로 만든 전각이라 꽤 비쌀 겁니다. 창문을 열면 포양호를 한눈에 바라볼 수 있다는 점 또한 높은 가격 형성에 일조하겠지요. 인간은 고대로부터 강가에 살아왔습니다. 사 람이라면 본능적으로 물을 좋아할 수밖에 없어요. 뭐 한 채당 가격은 그때 가서 정하면 되고…… 문제는 용적률을 잘 뽑아 주셔야 한다는 겁니다."

"……"

어느덧 말을 끝낸 조휘가 열기 어린 눈으로 호수 변을 응시하고 있었다.

그런 그의 시선을 멍하니 좇던 제갈운.

내심 인정할 수밖에 없었다.

이자는 상계(商界)의 신(神)이다.

전에도 없었고 앞으로도 없을 유일무이한 자.

그 전무후무한 자가 이번에는 주상복합(住商複合)이라는 천상의 개념을 들고 온 것이다.

◆ ◈ ◆

-허허……!

강렬하지만 언제나 음울하기만 했던 조맹덕의 음성이 지금은 잔뜩 상기되어 있었다.

지난 칠 년간 지켜본 조휘의 업적은 단순히 말 몇 마디로 정리될 수준이 아니었다.

빚 더미의 철방 한구석에 시작하여 뛰어난 언변과 수완으로 봉태현을 주무르더니, 이내 남궁세가의 후견을 얻고 합비의 상계를 대표하는 인물이 되어 갔다.

소룡대연회에서의 뛰어난 임기응변을 통해 만년빙정을 얻고, 얼음을 활용한 음료와 술 등 상상치도 못할 기막힌 물건들을 찍어 내더니 합비를 아예 다른 차원의 도시로 변모시켜 버렸다.

사업 수완은 또 어떤가.

때로는 푸근한 미소로 때로는 협박을 일삼으며 야금야금 합비의 상계를 먹어 치우더니, 이제는 합비를 넘어 안휘성 전체를 지배하는 상계의 절대자가 되었다.

그뿐인가.

뭣도 모르는 사람들이야 조휘가 강서성을 먹어 치우는 과정을 치졸하다 욕하겠지만 조맹덕 입장에서는 전혀 아니었다.

강서에서의 행적은 가히 소름이 돋을 지경!

냉철한 지성과 흔들림 없는 판단, 철저한 계획 수립과 한 치의 군더더기도 없는 행동력.

무엇보다 가장 놀라운 것은 그 모든 과정 중에서도, 예견되는 모든 위험성(risk)과 시선(aggro)을 철저하게 남궁세가로 돌려 버렸다는 것이다.

이는 남궁세가의 봉공이라는 직책을 철저하게 활용하겠다는 심산이었다.

도래될 이문은 모두 자신과 조가대상회가 취하고, 무림맹과 흑천련의 후폭풍은 오로지 남궁세가로 막는다!

철저한 실리주의!

실리를 위해서라면 명예든 뭐든 과감히 버릴 수 있는 이런 냉철함은 틀림없는 군주(君主)의 재능이다.

검신의 무공을 익혔으니 강호(江湖)가 주는 마력에 심취할 만도 한데, 조휘는 결코 강호인처럼 살지 않았다.

무엇보다 가장 마음에 드는 것은 조휘의 곁에 인재가 들끓고 있다는 점이다.

남궁세가의 소검주 남궁장호.

제갈세가의 소제갈 제갈운.

녹림대왕의 대제자 장일룡.

흑천련의 흑살 소마겸 염상록.

흑천련의 귀살 독매홍 진가희.

물과 기름일 수밖에 없는 정사(正邪)의 뛰어난 후기지수들이 오로지 조휘라는 구심점을 통해 묶여 있었다.

그의 압도적인 무위를 동경하거나 두려워하든, 뛰어난 상업적 감각에 매료되거나 엄청난 지식에 감탄하든, 모두 조휘라는 인간 그 자체에 빠져들고 있는 것이다.

간웅, 냉혹, 비열……

자신을 따라다니던 수많은 수식어들은 모두 부정적인 단어 투성이였지만, 결국 휘하에 가장 많은 인재를 보유했던 천하의 군왕은 자신이었다.

당연히 조맹덕은 조휘가 너무도 기꺼울 수밖에 없었다.

마치 자신을 꼭 빼닮은 아들 같다.

그러고 보니 얼굴도 좀 닮은 것 같다.

-껄껄! 네놈은 이 조맹덕의 현신(現身)이다!

늘 자신을 못마땅하게 여기던 조맹덕 어르신의 갑작스런 태세 전환(?)에 흑청수를 마시던 조휘가 떨떠름한 얼굴을 했다.

"……갑자기 왜 그러십니까?"

엄습하는 불안한 예감.

역시 그런 예감은 그대로 맞아떨어졌다.

-이 녀석아. 군사를 일으켜 볼 생각은 없느냐?

조휘의 두 눈이 동그랗게 변했다.

"갑자기 군사라니요?"

*-네 녀석의 너른 그릇을 강호 따위로 채울 수 있겠느냐? 강
호에서 네 녀석이 바라는 모든 업적을 다 이룬다 해도 감히
창세일계(創世一界)의 위업에 비하겠느냐.*

아니 지금 이 어르신이 나보고 왕(王)이 되라는 건가?

그런 엄청난 건 절대로 생각이 없다.

*-네 녀석의 무학적 성취가 높아지면 높아질수록, 재산이
늘면 늘수록 모난 정처럼 '그들'의 이목을 끌 수밖에 없는 터.
이를 그나마 대비하는 방법은 오로지 천하의 정점에 서는 것
뿐이다.*

조휘는 흥미가 돋았다.

"그들이라면 사마(司馬)를 말하는 겁니까?"

*-흥! 사마씨족도 놀이패에 불과한 것을. 어찌 보면 인간의
굴레를 이고 있는 이상 측은한 것은 우리 조가씨족과 마찬가
지. 사마의 봉문(封門)은 반드시 '그들'의 영향 때문일 것이다.*

이쯤 되면 궁금증이 폭발할 지경.

"그럼 도대체 '그들'이 누굽니까?"

-본 왕도 모른다. 인간이되 인간이 아닌 자들. 인세(人世)를 주시하는 자 혹은 유람하는 자, 유희하는 자, 결정하는 자……. 그들을 형용하는 문장은 너무 많아서 그 실체가 한없이 모호하다.

"……."

-이 의천혈옥 또한 그들의 유산. 네 녀석 역시 그들의 영향 아래 있다고 해도 과언이 아니다. 어쩌면 이미 주시하고 있을지도 모르지.

조맹덕 어르신의 말은 너무 모호했다.

이 세상에 무슨 엄청난 자들이 존재한다는 뜻 같은데, 자신의 경험으로는 의천혈옥 속에 존재하는 검신이나 만상조 같은 어르신들이 더욱더 괴물 같았다.

-자연지경(自然之境)에 이른 본좌의 무위로도 '그들'을 수행하는 소동(小童)과 동수(同手)였느니.

너무나도 엄청난 검신 어르신의 증언에 조휘는 그대로 몸이 굳어 버렸다.

-결코 인세의 기준으로 그들을 판단하는 우를 범해서는 아니 되느니, 절대경의 네놈으로서는 절대로 대적하지 말고 무조건 도망쳐야 하느니라.

조휘는 입이 다물어지지 않았다.

일검(一劍)에 무려 화산파를 지워 버릴 수 있었던 무위였다.

그 소름 돋는 검신 어르신의 무공을 지켜보며 인간들의 세상에 다시는 나타나지 말아야 할 힘이라고 여겼었다.

한데 그런 검신 어르신의 무위와 동수? 아니 능가하는 자들이 있다고?

말투를 보아하니 그런 자들이 여럿 존재한다는 것 같은데 이는 도대체가 말이 되지 않는 소리였다.

그런 자들이 수두룩하다면 이 땅에 과연 제국이나 무림방파가 존속될 수는 있는 건가?

그때, 제갈운이 객방으로 들어서고 있었다.

그는 한아름 서류 더미를 들고 있었다.

"일단 설계도의 초안을 짜 보려고요. 좀 도와주시죠?"

조휘가 서류 더미들을 받아 주며 물었다.

"저는 기관지학 쪽은 문외한입니다만?"

제갈운이 피식 웃었다.

"수(數)는 저보다 훨씬 잘 다루잖아요. 그것만으로 충분히 도움이 될 것 같은데요?"

계산은 물론 자신이 빠르다.

조휘가 서류 더미를 펼치자 밑그림이 꽤 정밀했다.

"일단 강철이라는 재료의 강력한 장력을 감안해서 직사각(直四角)의 형태로 전각의 초안을 잡아 봤어요. 아무리 생각해도 용적률을 높이는 방법은 이것밖에 없더라고요."

중원에서 고층 전각을 짓는 양식은 다각형 원뿔 형태다.

약한 목골(木骨)의 특성상 상층의 하중을 견디려면 원뿔 형태를 취할 수밖에 없는 것이다.

하지만 철골(鐵骨)을 무제한으로 쓸 수 있다면 말이 달라졌다.

"제가 봤을 때 가장 큰 문제는 물이에요. 최상층부에 사는 사람들은 물을 길어 오기가 너무 힘들거든요."

"아 맞다!"

조휘가 놓치고 있었던 것.

현대의 고층 아파트는 그냥 형태만 짓는다고 끝이 아니다.

상하수도, 전기, 엘리베이터, 조경, 내부 인테리어 등 수많은 시공이 함께 어우러져야 비로소 아파트 단지를 완성한 것이라 할 수 있었다.

물론 전기와 엘리베이터는 이 세계에 없는 것이니 시공할 수 없었지만, 상하수도 문제는 반드시 해결해야 할 난관.

"가죽을 덧대어 만든 거대한 물주머니를 최상층에 설치하고 가느다란 관을 통해 각 세대에 공급하면 물 문제는 해결될 것 같습니다. 문제는 하수(下水)인데……."

조휘는 이번에 지을 십 층 주상복합 아파트에 꼭 수세식 화장실을 설치하고 싶었다.

중원에 아직 전해지지 않은 용변 문화.

그 청결하고도 위생적인 혁신을 경험하게 해 준다면 중원인들로서는 놀라 자빠질 것이다.

'음…….'

물을 내려 주는 물 부레의 원리는 현대인이라면 누구나 알고 있는 것이고, 그 정도는 조휘도 몇 번의 시행착오만 겪는다면 충분히 만들 수 있었다.

중요한 것은 현재 중원의 도자기 공(工)들이 좌식 변기 형태의 도자기를 성형할 수 있느냐다.

뭐 기술적으로 큰 문제는 없어 보였지만 철방의 경영을 경험해 본 조휘로서는 사소한 것 하나까지 놓칠 수 없었다.

초보적인 현대의 기술이라 당연히 가능하다고 판단했는데도 불가능한 것들이 너무 많았다. 자전거 체인과 스프링이 바로 그런 경우였다.

"음……."

찬찬히 생각을 해 보니 난방도 문제였다.

각 세대별로 벽난로를 설치하려니 굴뚝의 부피 때문에 용적률이 문제가 될 것 같았고, 현대의 온돌을 적용하려고 해도 또 뜨거운 물을 내려보내야 하기 때문에 가장 약한 상층부에 너무 많은 하중이 몰리게 된다.

자신이 떠올린 모든 것을 적용하려면 최상층부에 거대한 식수탱크, 온수탱크, 커다란 화로가 들어서게 된다.

이십 세대의 온돌에 온수를 공급하려면…….

거기까지 생각이 미치다가 문득 조휘가 멍한 얼굴을 했다.

'아니, 고무파이프도 없잖아?'

온돌방에 설치할 고무파이프가 없다.

또 철제의 원형 관을 설치해야 되는데 이는 가장 최악의 수다.

철(鐵)의 상극은 물(水)이다.

최상층부에서 내려오는 수도관의 경우 전각 외벽으로 관을 빼면 주기적으로 교체가 가능하지만 온돌은 그것이 불가능했다.

정기적으로 방바닥을 깨거나 뒤집으며 관을 교체할 수는 없지 않은가?

철을 다루면 다룰수록 현대의 합금, 그 야금학 기술이 너무나 고팠다.

'공대를 나왔어야 했나……'

후 하고 한숨을 내쉬던 조휘가 서류 더미들을 덮었다.

"설계는 좀 나중에 하죠. 대체할 수 있는 여러 재료들도 좀 알아봐야 하고 생각을 좀 더 정리해야 될 것 같습니다."

단순히 높게 올릴 수 있는 방법이 생겼다고 아파트를 지을 수 있는 것이 아니었다. 이 계통의 좀 더 많은 인재가 필요했다.

그때, 염상록과 진가희가 조휘의 객방에 들어왔다.

"우린 이제 뭘 하면 되죠?"

한껏 호기심으로 물든 진가희의 얼굴.

조휘가 퉁명스럽게 말했다.

"이제 네놈들은 필요가 없는데? 흑천련으로 돌아가."

"뭣!"

"뭐예요!"

시한폭탄과 같은 조휘 일행의 입을 막지 않고서 어찌 흑천련으로 돌아갈 수 있단 말인가?

흑천련이 배신자를 처단하는 규정은 지독히 엄격하다.

단전의 폐쇄는 물론이고 사지근맥마저 잘려 산야에 버려질 것이다.

염상록이 악에 받친 목소리로 말했다.

"그럼 약속해라! 사·녹 연합과 당천포(當千浦)의 숙영지를 우리에게 들었다고 말하지 않겠다는!"

조휘가 망설임 없이 고개를 끄덕인다.

"응. 알겠다."

부들부들.

가늘게 몸을 떨던 염상록이 비명을 질렀다.

"으아아아 싯펄! 전혀 믿음이 생기지 않아! 두 사람의 생명이 달린 일이다! 좀 진지하게 대답해 보란 말이다!"

조휘가 기가 차다는 듯한 표정을 했다.

"어이 소마겸이. 네가 네 입으로 대가리 쪼갠 고수가 수십이 넘는다고 자랑하고 다니지 않았나? 그런 놈이 뭐? 사람의 목숨?"

"에잇 싯펄! 그 새끼들은 죽어도 싼 놈들이었다고!"

"네놈들도 죽어도 싸."

"그아아악!"

염상록이 또다시 발작하려 들자 조휘가 내공을 끌어올리며 음습하게 말했다.

"앉아 시발아."

"네 형님."

의자를 바짝 끌어당기며 공손히 두 손을 포개어 앉아 있는 것이 꼭 여인을 보는 듯하다.

조휘의 음습한 목소리가 또다시 들려온다.

"살고 싶어?"

"네 형님. 당연히 살고 싶습니다."

정신없이 고개를 끄덕이고 있는 염상록.

조휘가 예의 근로계약서를 품에서 꺼냈다.

"작성해."

한 차례 근로계약서를 살피던 염상록의 두 눈이 의문으로 물들었다.

"직급 사원? 이건 뭡니까?"

"네놈들의 귀살, 흑살 같은 우리 대상회의 위계다."

"사원이면 높은 겁니까?"

"아니 가장 낮아."

"……."

얼굴을 불만스럽게 구기던 염상록이 계속 근로계약서를 살피다 기겁을 했다.

"월봉이 철전 칠십 문? 에잇 싯펄! 장난하나? 점소이도 이 거보단 많이 받겠다!"

조휘가 능청스럽게 근로계약서의 하단부를 가리켰다.

"제사 조항 잘 봐. 추가 수당도 있다구."

"그래도 이건 너무하잖아! 죽엽청 두 병 먹으면 없겠네 싯펄!"

"그래서 살 거야 죽을 거야?"

"이런 쌍……!"

염상록이 결국 어쩔 수 없이 근로계약서에 서명을 마치자 조휘가 낚아채듯 품에 넣었다.

"이 시간부로 염 사원은 남창 일대에 유명한 목공(木工), 석 공(石工), 도공(陶工) 등 건축에 관련된 이름 높은 기술자들을 모조리 수배해서 데려와. 그들에게 제시할 월봉은 기존의 다 섯 배. 알아들었나?"

"싯펄! 알겠다고!"

이미 조휘에게 금자 백 냥을 받은 진가희로서는 월봉에 그 다지 목매지 않았다.

"저는요? 전 계약 없나요?"

조휘가 한 차례 미간을 찌푸리며 고민하더니 진가희를 쳐 다봤다.

"넌 뭘 잘할 수 있는데?"

촤아아아악!

한 차례 바닥에 채찍을 내려찍던 진가희가 퉁명스럽게 말했다.

"사람 죽이는 거?"

답이 없다는 표정으로 절레절레 고개를 젓던 조휘가 뭔가 생각난 듯 두 눈에 기광이 스쳤다.

"너 허구한 날 지붕 위에 올라가서 호수만 보더라?"

염상록이 질린다는 얼굴을 했다.

"그게 저 미친년의 취미이자 특기요."

사람은 다 쓸 곳이 있는 법.

조휘가 눈짓으로 창밖의 북쪽 제일지부를 가리켰다.

"잘됐다. 넌 매일매일 지붕 위에 올라가서 제일지부 쪽의 동태를 살펴라. 수상한 점을 발견하면 바로 보고하고. 할 수 있겠지?"

진가희가 두 눈을 반짝였다.

"호호호! 그것참 세상에서 가장 쉬운 일이네요!"

흑천련 총단.

부서진 전각들의 잔해를 모두 치우고 나니 흑천대살은 그 제야 마음이 좀 편안해졌다.

그렇게 묵묵히 창밖을 응시하던 그가 총사 서유(徐儒)에게 물었다.

"그 악귀탈 놈의 행적은 파악되었는가?"

창천검협과의 합의가 끝난 후 그 이튿날 찾아온 악귀탈 사내.

처음에는 당연히 창천검협인 줄 알았지만 영락없는 청년의 목소리였다.

문제는 협상 과정에서 악귀탈의 청년에게 무혼(武魂)이 느껴졌다는 것이다.

그 말인즉 절대경의 무위로 흑천련을 괴롭혔던 자가 창천검협이 아닐 수도 있다는 뜻.

흑천련의 정보에 포착되지 않은 전혀 새로운 남궁세가의 고수라!

동시대에 한 명도 나오기 힘든 절대경을 둘씩이나 보유하고 있는 문파는 화산과 소림이 유일한 터.

이는 남궁세가가 천하제일의 화산이나 소림과 동등한 반열에 올랐다는 의미다.

만약 이 사실을 미리 알고 있었더라면 사·녹연합이나 안휘 출정 같은 무리한 계획은 애초에 세우지 않았을 것이다.

그만큼 절대경 무인 한 명의 파괴력은 웬만한 문파를 압도하고도 남음이 있었다.

"남궁세가에서 절대경의 후보라 할 수 있는 화경의 고수들은 모두 창천담로원에 있습니다. 일단 강호에 알려진 무인은 아닌 것으로 판단됩니다."

혹천대살이 묵묵히 고개를 끄덕였다.

남궁세가의 전대 고수 집단이라 할 수 있는 창천담로원의 원로들 중 화경의 무위로 이름 높은 자들이 몇몇 있었다. 그중에서도 화경에 극에 이른 창천검선(蒼天劒仙)이 가장 유명했다.

한데 모두 원로들이다. 악귀탈의 사내와 나이가 맞지 않는 것이다.

"남궁의 소검주라는 아이의 무공은 어떠한가?"

총사 서유가 나직이 고개를 가로저었다.

"소룡대연회에서 소검주 놈의 무위는 절정의 극(極)이었습니다. 이제 육 년밖에 지나지 않았는데 아무리 천고의 기연과 깨달음을 얻었다고 해도 초절정 이상의 무위는 이루지 못했을 겁니다."

남궁세가에 그런 엄청난 신진 고수가 있었다면 이미 자신들이 파악하고 있어야 하는데 아무리 생각해도 마땅한 후보가 없었다.

"특이할 만한 사항은 하나 있습니다."

"뭔가?"

"이번에 남궁세가가 봉공(奉公)으로 세운 인물입니다. 조가대상회의 회장이라는 자입니다."

"봉공?"

기백 년 오랜 역사를 지닌 남궁세가가 봉공으로 세운 사람은 극소수였다. 더욱이 강호의 무인이 아니라 상인을 봉공으로 내세운 적은 단 한 번도 없었다.

"무공을 익힌 자인가?"

"그 조가대상회의 회장 조휘라는 자가 무위를 드러낸 적은 없습니다. 전형적인 상인입니다."

"음……."

총사 서유가 창문 밖의 포양호를 응시했다.

"포양호 주변의 땅을 엄청나게 사들인 상인도 그 조휘라는 자입니다. 저희에게 찾아온 악귀탈의 사내와 반드시 어떤 접점이 있을 테지요. 그쪽을 한번 파 보겠습니다."

흑천대살의 두 눈이 또다시 무료해졌다.

"그리하도록 하라."

"분부대로 하겠습니다. 그리고 개인적인 궁금증인데 물어봐도 되겠습니까?"

흑천대살이 총사 서유의 얼굴을 지그시 바라보더니 의미심장하게 웃었다.

"그대가 본좌에게 질문을 하는 건 참으로 오랜만이군. 말하라."

총사 서유의 얼굴에는 의문이 한가득 떠올라 있었다.

"련의 땅을 무상 증여한 것 말입니다. 도대체 왜 그런 결정을 하신 겁니까?"

흑천대살의 입매가 기이하게 비틀렸다.

"전음으로 전매권(專賣權)을 제시하더군."

혹천련도 조가대상회의 엄청난 물건들을 잘 알고 있다.

조휘는 강서에서 유통될 모든 조가대상회의 상품들 중 오 할의 전매권을 혹천대살에게 제시한 것이다.

"전매권이라면 기간을 얼마로 협의하셨습니까?"

"삼 년을 제시하더군."

"삼 년!"

조가대상회의 그 엄청난 물건들을 삼 년 동안 독점적으로 유통할 수 있다면 그 이문을 상상하기도 힘들었다.

"참으로 대범한 자로군요."

혹천대살이 피식 웃었다.

"삼 년 후를 내다보는 거겠지. 감히 이 혹천련을 길들여 보 겠다는 수작. 전매권의 기간이 끝나고 나면 분명 말도 안 되 는 요구를 해 올 것이다."

총사 서유의 두 눈에 의문이 가득 떠올랐다.

개수작이 뻔한 데도 왜 그 모든 땅을 무상으로 증여했단 말 인가?

"필시 수틀리면 본 련의 창고들을 다시 털려고 할 텐데 운 송비가 좀 들더라도 절강으로 총단을 옮기면 그만이지 않은 가? 현물로 보관하던 현재의 체계 역시 바꿀 것이다. 모두 화 폐화하여 절강으로 옮기면 문제 될 것이 아무것도 없다."

상대가 지닌 최고의 패를 무효로 만들겠다는 심산이었다.

아무리 절대경이라 할지라도 상대는 혼자.

숨어서 창고만 부수는 방법의 한계는 명확했다. 창고를 없애 버리면 끝인 것이다.

"과연 그때는 무엇으로 협상하려고 들지 벌써부터 기대되는군."

흑천대살의 눈빛이 더욱 강렬해졌다.

"땅을 받아 갔으니 놈은 그 땅에 원 없이 돈을 쏟아부을 터. 그렇게 놈이 발전시킨 상권을 고스란히 련의 품에 귀속시킬 것이다. 본 련의 창고를 모두 절강으로 옮기는 그날, 놈에게는 최악의 지옥이 펼쳐지겠지."

자신감으로 가득한 흑천대살.

하지만 총사 서유는 왠지 모를 불안감이 엄습했다.

련주의 계획대로만 된다면 좋겠지만 세상일이란 것이 어디 그리 만만했던가.

◆ ◇ ◆

조휘는 일행에게 이것저것 할 일을 지시해 놓고 곧바로 천상운차에 몸을 실었다.

포양호의 상권을 발전시키려면 조가대상회의 노련한 간부들을 차출해서 데려와야 했기 때문이다. 합비의 상권을 별천지로 만들었던 그들의 경험은 더없이 소중한 자산이었다.

그렇게 지루한 마차행이 이십여 일 동안이나 지속되었다.

평범한 마차였더라면 여독이 상당히 쌓였을 테지만 판스프링이 적용된 천상운차의 뛰어난 승차감으로 인해 조휘는 늘 적당한 컨디션을 유지할 수 있었다.

어느덧 도착한 합비.

합비는 여느 때처럼 온갖 행색의 여행자들과 장사치들로 붐볐다. 두 달 전보다 오히려 사람들이 더 늘어난 듯 보였다. 조휘는 왠지 모를 뿌듯함이 가슴 한편에 차올랐다.

"회장님 오셨습니까!"

조가대상회에 도착하자마자 문지기 오앙(吳央)이 발 빠르게 나와 자신을 맞이하고 있었다.

"별일 없었습니까?"

조휘의 질문에 오앙이 별원 쪽을 가리켰다.

"북해로 출정하셨던 무사님들이 사흘 전부터 도착해 계십니다."

"호오?"

일반인이라면 왕복으로만 반년은 넘게 걸릴 여정이었다.

과연 녹림 제일의 무력대라 이건가.

세 달도 채 되지 않는데 북해행을 마무리하고 오다니!

"그들과 함께 온 북해인(北海人)들도 있었습니까?"

"그렇지 않아도 그 일 때문에 저희 상회가 많이 시끄럽습니다."

"무슨 일이라도 생겼습니까?"

순간, 문지기 오양의 두 눈이 몽롱해진다.

"무사님들이 한 쌍의 남녀 북해인들을 데려왔습니다. 한데, 그들의 용모가 가히 천상(天上)의 선남선녀라 별원 쪽을 훔쳐보는 사람들이 늘 바글바글할 정도입니다."

"……천상의 선남선녀?"

"예. 마치 이 세상의 사람이 아닌 것 같은 정도입니다."

조휘가 호기심이 가득한 얼굴로 별원 쪽으로 발걸음을 옮겼다.

별원의 대문을 열자마자 많은 인파가 조휘의 눈에 들어왔다.

합빈관의 인연생들과 조가통운의 라이더 무리들 사이로, 수석공 남천일과 조가성심당의 벽호상 당주, 조가양조장의 여영소 장주와 조가통운의 소팽심 등 여럿 간부들의 모습도 보였다. 심지어 총관 이여송도 그 자리에 함께 있었다.

조휘는 일과 시간이 한참 지났음에도 간부들이 이곳에 있는 것이 못마땅했다.

그렇게 조휘가 꾸짖음의 운을 떼려는 찰나, 그의 시야에 한 쌍의 남녀가 들어왔다.

'아니……!'

조휘는 그대로 우두커니 멈춰 선 채로 아무런 행동도 할 수 없었다.

평소 중원(中原)의 미남미녀들은 다 거기서 거기라 여겼다.

현대 첨단의 성형술과 화장술, 세계적인 톱스타들을 이미 눈에 담아 버린 자신에게 중원의 미인상은 그다지 와닿지 못했던 것이다.

허나 지금 눈앞에 보이는 한 쌍의 남녀는 그런 조휘의 선입견을 완벽하게 깨부수고 있었다.

벌어진 입이 다물어지지 않았다.

눈처럼 희고 깨끗한 머리칼은 신비롭기 짝이 없었고, 마력적인 커다란 눈동자들은 마치 별빛을 담은 듯했다.

유려하게 뻗은 콧날과 선홍빛 입술, 미의 극치를 달리는 고아한 얼굴 선(線), 그 모든 균형미들은 굳이 백안으로 바라보지 않아도 완벽(完璧)하다는 것을 단숨에 알아차릴 수 있었다.

특이한 것은 그들이 쌍둥이처럼 서로 닮았다는 것이다.

그제야 조휘를 발견했는지 적웅질풍대주 강만호가 성큼성큼 걸어왔다.

"오셨소이까."

한기가 뚝뚝 떨어지는 강만호 대주의 음성.

그간의 고생을 증명이라도 하는 듯 그의 두 눈은 더욱 깊어져 있었다.

"인사하시오. 이쪽은 설백(雪白) 공자, 이쪽은 설현(雪賢) 소저요."

조휘가 정중하게 포권했다.

"만나서 반갑습니다. 조휘라고 합니다."

조휘가 정중히 예를 표하고 있었지만 설씨 일행은 냉정한 표정을 한사코 풀지 않았다.

"그대가 만년빙정의 주인인가요?"

조휘가 내심 감탄을 했다. 설현이라 불린 여인의 목소리가 그 외모만큼이나 아름다웠기 때문이다.

보자마자 만년빙정 운운하는 걸 보니 이들의 목적은 명확했다.

빙공(氷功)의 연성.

애써 냉정한 척하지만 그 눈빛에 담긴 초초함을 조휘는 결코 놓치지 않았다.

"네. 제가 만년빙정의 주인입니다. 우리 직원을 통해 무슨 일을 해 주셔야 하는지는 들으셨겠지요?"

그때, 말없이 지켜보던 백발의 사내 설백이 나섰다.

"만년빙정을 보기 전에는 그 어떤 대답도 해 줄 수 없소."

조휘가 흔쾌히 고개를 끄덕였다.

"바로 보여 드리겠습니다. 가시죠."

조휘가 설백과 설현을 안내하며 길을 나서자 대주 강만호가 다급히 조휘의 옷깃을 잡았다.

"우리는? 이제 우리는 어떻게 되는 것이오? 진정 풀어 주는 것이오?"

"내가 삼류 파락호냐? 한 입으로 두말하게? 그 좋아하는 대산(大山)인지 거기로 돌아가라고."

파파파팟!

그 말이 끝나기가 무섭게 적웅질풍대원들 모두가 전광석화와 같은 경공을 일으켜 장내를 빠져나갔다.

조휘가 가늘게 찢어진 눈으로 그런 그들을 응시하다 다시 발걸음을 옮겼다.

"가시죠."

대석빙고는 조가대상회에서 그리 멀지 않은 곳에 있었다. 도보로 일각이면 도착하는 수준.

합비의 지도를 펼치면 정중앙에 자리 잡고 있는 대석빙고였다.

"이곳입니다."

설백은 질린다는 얼굴을 하고 있었다.

과연 사람이 만든 건축물이 맞는 건지 의심마저 들 지경. 북해에서는 이런 커다란 규모의 건축물이 거의 존재하지 않았다.

드르르르륵

조휘가 내공을 일으켜 석문을 열자 설백이 더욱더 놀랐다.

석문에서도 압도될 지경이었는데 내실의 규모는 더욱 상상 이상이었던 것.

끝도 없이 뻗어 있는 계단, 그 지하세계에 수많은 얼음들이 질서정연하게 쌓여 있었다.

마치 북해의 전설, 지금은 사라지고 없는 북해빙궁의 성벽을 보는 듯하다.

"내려가시죠."

"아? 예."

잠시 주춤거리던 설현이 오라버니인 설백이 앞장서자 그제야 발길을 옮겼다.

차가운 척해도 유약한 본래의 성정이 그대로 드러났다. 조휘의 입매가 슬며시 올라간다.

설백의 입이 점점 크게 벌어졌다.

대석빙고의 중앙.

그곳에 영롱한 자태를 뽐내는 빙정이 있었다.

20 章.

만년빙정(萬年氷精).

천년 북해의 보물, 북해인들이 참혹하게 흘린 눈물이 그곳에 누워 있었다.

설백에게 만년빙정은 꿈에서라도 닿길 바라 마지않았던 치열한 갈망(渴望)이자 피를 삼키던 비원(悲願)이었다.

오늘의 이 장면을 얼마나 많은 시간 동안 상상했던가.

그 평생의 염원이 눈앞에 펼쳐져 있었다.

천년전설 북해신화.

전설상의 절대빙인(絶大氷人), 북해를 구원할 그 찬란한 신화의 경지를 이루려면 반드시 만년빙정을 손에 넣어야 했다.

빙백여제 한백하 사존께서 중원인들에게 치욕을 당하며 삶을 다하신 후, 북해는 멸절(滅絶)에 가까운 타격을 끝내 회복하지 못했다.

저 만년빙정은 북해 팔만 백성의 마지막 희망이자 자존심이다.

선조들을 부정하고 가문의 성(姓)을 감추며 지금껏 영욕의 삶을 버텨 온 것은 오로지 오늘 때문.

숨이 끊어지시던 그날까지 '절대빙인'이라 읊조리며 돌아가신 어머니가 생각나 눈물이 쏟아질 것만 같았다.

설백 아니 한설백(寒雪白)은, 쌍둥이 누이 한설현(寒雪賢)의 손을 더욱 꼭 붙잡았다.

한설백은 그렇게 겨우 가슴을 추스르며 냉정한 신색을 회복했다.

그는 천년 북해빙궁의 직계 존성(直系尊姓)인 빙천 한씨(氷天寒氏)의 마지막 후예이자 장차 빙궁주가 될 운명이었다.

갑작스럽게 북해를 방문한 중원인들이 만년빙정을 운운하자마자 만사를 제쳐 두고 한달음에 안휘를 달려온 한설백.

그런 그가 조휘를 죽일 듯이 노려보고 있었다.

북해의 천년염원, 저 천고의 보물을 고작 얼음을 보관하는 석빙고의 부속품으로 쓰고 있다니!

한데 곧이어 들려온 조휘의 목소리는 더욱 가관이었다.

"저는 북해인들의 곤궁한 삶이 참 이해가 되지 않습니다. 벌빙지가 모르세요? 얼음이 중원에서 얼마나 값비싸고 귀한 물건인지 정녕 모르십니까? 여기 대석빙고에 쌓여 있는 얼음을 모두 장터에 내다 팔면 은자로 얼마인 줄 아세요? 저라면 북해의 모든 빙공의 고수들을 이끌고 와서 얼음으로 중원의 상계를 지배할 겁니다."

벌빙지가(伐氷之家).

장례나 제사를 치를 때 얼음을 쓸 수 있는 집안이 최소 경대부 이상이었던 옛 시대상이 반영된 고사성어다.

경대부가(卿大夫家)의 권력과 재력은 상상 이상이었다. 그런 고귀한 집안이 아니면 구경도 못 했던 것이 바로 얼음(氷).

중원에서의 얼음이란 그 정도로 비싸고 희소했다.

조휘 역시 만년빙정이 없었더라면 조가객잔, 조가성심당, 조가양조장, 합빈관 등의 개업을 상상도 해 보지 못했을 것이다.

한편, 한설백은 어이가 터져 나갈 지경이었다.

이자는 대체 절대빙공(絶大氷功)을 뭐라고 생각하는 거지?

빙백신공(氷白神功).

그 위대한 북해의 무공이 중원에 드러났을 때 모든 강호인들은 전율했다.

이따금씩 북해의 전설이라는 '절대빙인'이 출현할 때면 중원에는 늘 참혹한 혈겁이 일어났다.

무(武)의 상궤를 벗어난 극한의 빙공, 그 살상력은 강호인들의 상상을 불허하는 것이었다.

전율의 빙백신장(氷白神掌), 단 일장(一掌)에 의해 모든 산. 천초목이 얼어 버린다.

수십여 명 무인이 단 일수에 얼음으로 변해 버리는 그 광경을 직접 본 자라면 결코 저따위 말을 늘어놓을 수 없을 터.

중원의 강호인들이 새외오패(塞外五霸) 중 가장 두려워했던 것이 북해빙궁이었다.

그런데 뭐?

빙공을 익혔으니 얼음을 제조해서 중원에서 떼돈을 벌자고?

이자는 뛰어난 무학(武學)을 경원하고 존경하는 마음도 없단 말인가?

부들부들.

한설백은 더러워진 귀를 씻고 싶은 심정이었다.

그러나 그것은 시작에 불과했다.

"표정이 자꾸 왜 그럽니까? 저에게 무슨 감정 있으세요? 일하러 오신 거 아닙니까?"

"......"

"......"

조휘가 마뜩잖은 얼굴로 한씨 남매를 번갈아 쳐다봤다.

"사업 이야기부터 하시죠. 전 만년빙정을 당신들께 종일 대여(貸與)해 줄 수 있습니다. 저는 그 대가를 노동(勞動)으로 받고 싶습니다. 아마 당신들을 데려왔던 무사들에게 이미 들었을 겁니다."

끝까지 조휘가 빙공의 연성을 '사업' 혹은 '노동'이라고 말하자, 한설백은 빙궁의 일원으로서 자존심이 폭발해 버렸다.

"그 입 닥치시오!"

조휘의 두 눈이 차갑게 변했다.

"그럼 나가시죠."

자신들이 내려왔던 계단을 가리키고 있는 조휘의 눈짓.

한설백이 피가 나도록 입술을 깨물었다.

"고작 혼자인 주제에 대범하구나! 설현아!"

부우우우웅!

한설백의 두 손에 새하얀 한기가 맺힌다.

한설현도 한껏 끌어올린 빙백신장으로 조휘를 향해 출수했다.

그렇지 않아도 차디찬 빙고 내부에 더욱 거센 한기가 몰아친다.

어느덧 새하얗게 물든 조휘의 두 눈.

그의 소름 끼치도록 투명한 백안(白眼)이 심연처럼 가라앉는다.

검천전능지체(劍天全能之體)로 바라본 빙백신장.

공기 중의 습기가 엄청난 속도로 압축, 응축되는 그 기하학적 도식들이 한눈에 들어온다.

실로 놀랍다.

압축, 응축이 반복되던 공기 중의 습기가 임계 온도 이하로 떨어지자 순식간에 수많은 파장을 일으키며 세를 불려 갔다.

순간적으로 공기를 압·응축하여 극음(極陰)을 만들어 내는 그 과정의 수학적 완성도는, 놀랍게도 검총의 무공을 제외한다면 단연 최고 수준이었다.

심지어 남궁세가의 제왕검초들보다도 우위에 있었던 것.

도대체 어떤 자가 저리도 지독한 진동(振動)의 내가기공 운용법을 생각해 냈을까?

저런 식으로 내기(內氣)를 운용하려면 내기의 발출뿐 아니라 내기의 회수 즉, 흡(吸)의 요결도 동시에 연공해야 할 터.

강호의 무공 대부분은 효과적인 내기의 발출(發出)에 매진하지 흡자결은 거의 연공하지 않는다.

내가기공을 발출하는 것보다 회수하는 것이 훨씬 어렵기 때문이다.

물을 쏟는 것보다 쓸어 담는 것이 더욱 어려운 것과 같은 이치.

무당의 이화접목(移花接木), 검술의 착(着), 흡성대법과 같은 마공(魔功) 등 특수한 무공이 아니라면 흡자결의 내가기공을 활용할 필요가 없는 것이다.

한데 내가기공으로 저 정도의 진동을 완성하려면 다른 모든 무학적 성취를 포기하고서 오로지 내가기공의 발(發)과 흡(吸)에 평생을 걸어야 할 것이다.

그것이 아니라면 저자의 진신내공 그 자체에 저 진동의 비밀이 있으리라.

순간, 조휘의 신형이 꺼지듯 사라졌다. 극상의 이형환위가
펼쳐진 것이다.

촤아아아아악!

허공을 가르던 빙백신장의 기운이 높게 쌓여 있던 얼음벽
을 더욱 단단하게 만들어 준다.

순식간에 한씨 남매의 뒤편으로 이동한 조휘가 흡족한 미
소를 지었다.

"크…… 훨씬 크고 단단해졌군. 더 멀리 배달할 수 있겠어."

"어맛!"

"헉!"

천상의 미모를 지닌 일남일녀의 얼굴에는 당혹감이 가득
했다. 조휘의 움직임을 눈으로 좇을 수도 없었기 때문이다.

눈앞의 이 사내.

결코 단순한 상인(商人)이 아니다!

후방을 점했으니 바로 공격을 해 올 것이라 생각해서 방비
하고 있었는데, 오히려 상대는 뒷짐을 지고 슬며시 미소만 짓
고 있었다.

한설백이 이를 가득 깨물며 짓쳐 들었다.

"놈!"

북해빙궁의 절기, 절정의 설화진린보(雪花眞燐步)가 펼쳐
진다.

217

환상과도 같은 잔상이 일어나며 순식간에 조휘와의 간격을 좁힌 한설백이 그대로 빙백신장의 기운을 일으켰다.

빙백신장(氷白神掌).

제이결(第二決) 북풍연환세(北風連環勢).

극음의 장법이 연달아 파고든다.

파괴력에 파괴력을 더하는 연환장법.

내공의 소모가 심했지만 순간적인 파괴력만큼은 빙백신장의 그 어떤 절초보다 뛰어났다.

한데…….

팡!

또다시 조휘의 신형이 꺼지듯 사라져 버렸다.

촤촤촤촤촤촤!

극음의 장법, 그 엄청난 한기의 북풍연환세가 그대로 창고의 한쪽 벽면을 쇄도한다.

그곳에는 아직 커다란 물통에 담겨 살얼음만 껴 있던 얼음들이 한가득 쌓여 있었다.

엄청난 한빙장이 그대로 한 얼음통에 부딪히자 한기가 사방으로 분산되며 모든 얼음통들을 덮쳐 갔다.

번쩍번쩍!

아직 반쯤밖에 얼지 않았던 얼음들이 세상 단단하게 꽝꽝 얼어 버린 것!

또다시 이득을 본 조휘가 내심 쾌재를 부른다.

씨익!

어이가 달아난 얼굴로 멍하니 굳어 버린 한설백.

병신이 아니고서야 이제는 알아차릴 수밖에 없다.

상대의 의도는 명확하다.

교묘하게 얼음벽이 있는 쪽으로 자신의 빙백신장을 유도하고 있는 것!

"크……! 석빙고에서 세 시진이 넘도록 기다려야 겨우 얼음이 되는데 장법 한 방으로 다 얼려 버리시네! 도대체 왜 이런 대단한 능력을 사람 죽이는 데만 쓰려고 합니까? 잘 들어보세요."

조휘의 진지한 눈빛이 얼음통들을 향했다.

"방금 그 초식, 한 사람을 상대하는 대인(對人) 절초잖습니까? 좁은 파괴력을 지니는 그런 초식조차 한 번에 얼음통 열한 개를 얼려 버렸습니다. 분명 당신들에게는 한기를 광역적으로 뿌리는 절초가 따로 존재하겠죠?"

한설백이 홀린 듯이 대답한다.

"무, 물론이오."

빙백신장(氷白神掌).

제오결(第五決) 설설백천하(雪雪白天下).

방원 이십 장을 극음의 한기로 뒤덮어 버리는 그 광역 절초는 내공력을 극도로 소모하지만 살상력 하나는 빙백신장의 모든 절초 중의 으뜸이었다.

"그 장법으로 여기 창고의 얼음통 몇 개를 얼릴 수 있습니까?"

대략적으로 셈을 해 보던 한설백이 고개를 갸웃거린다.

"오, 오십 개?"

조휘가 감탄을 거듭했다.

"크! 거 보라니까? 그래서 그 초식을 꽉 찬 내공으로 몇 번이나 펼칠 수 있는 겁니까?"

"네, 네다섯 번?"

조휘의 두 눈이 커다랗게 떠졌다.

"아니 그것밖에 못 합니까? 내공의 소모가 꽤 막심한 초식인가 보네요? 아무튼!"

조휘가 얼음통을 한 개를 가리켰다.

"저 얼음통 하나가 은자 열세 냥입니다. 자, 이제 계산해 보세요. 초식 한 방에 대충 오십 통, 풀 내공으로 네 번 시전할 수 있으니 이백 통."

"풀 내공?"

"그, 그런 게 있어요. 어쨌든 한 번에 만들 수 있는 양이 이백 통이라 칩시다. 그럼 은자로 얼마? 자그마치 이천 육백 냥! 금화로 이백 육십 냥! 아니 이런 미친 효율이? 당신들 한 명 한 명이 걸어 다니는 상단이라고!"

"……."

"……."

조휘의 혀 놀림은 마치 친구를 끌어들이는 다단계 사원처럼 달콤했다.

"자자, 생각을 해 보세요. 저기에 당신들이 그토록 소원해 마지않았던 만년빙정이 있습니다. 얼음 이백 통 만들고 빙정 위에서 운기조식하고, 또 이백 통 만들고 운기조식하고. 이거 하루에 대여섯 번만 반복해 보세요. 당신들의 빙공(氷功)의 성취가 어떻게 되겠습니까?"

말이야 맞는 말이다.

빙백신공뿐만 아니라 모든 내가기공들의 기초적인 수련법은 쓰고(出) 벼리는(運) 훈련을 반복하는 것이다.

빙백신장을 반복적으로 수련하다 단전이 텅 비게 되면 만년빙정 위에서 빙백신공을 운기하는 것.

이론상 최고의 수련법인 것이다.

"그걸 한 오 년만 반복해 내면 여러분은 뭐가 된다? 초고수 빙인(氷人)!"

한씨 남매는 방긋방긋 웃고 있는 조휘가 얄미웠지만 왠지 혹하게 되는 마음을 참을 수 없었다.

"거기에 얼음의 판매대금 일 할을 여러분의 급여로 드리겠습니다. 아니 세상천지에 이런 개꿀 같은 기회가 어디에 있지? 난 도무지 화를 내는 당신들이 이해가 되지 않습니다만?"

묘한 설득력을 지닌 조휘의 언변에 점점 무인의 자존심이 허물어진다.

문득 한설백이 의뭉스러운 얼굴을 했다.

"……일 할이면 어느 정도요?"

씨익.

조휘의 입가에 차가운 미소가 번져 갔다.

돈이란 게 이렇게 무섭다.

불과 일각 전만 하더라도 명예와 자존심 때문에 길길이 날 뛰던 북해의 무인이 이렇게 실속을 챙기려든다.

"그거야 열심히 일…… 아니 열심히 수련을 하는 만큼 달라지지 않겠습니까?"

"음……."

북해의 수많은 식솔들을 생각하면 돈을 버는 것도 나쁘지만은 않았다.

한설백이 조휘와 합의하려는 그때.

"단, 여기에는 조건이 있습니다."

"무슨 조건이란 말이오?"

갑자기 조휘의 얼굴이 진지하게 변했다.

"제가 이번에 강서에서 새로이 사업을 시작해서 말이죠. 한 분은 저와 강서로 가 주셔야 합니다. 즉 만년빙정으로 빙공을 연성하실 분이 한 명으로 한정되는 겁니다. 누가 남을 건지는 그쪽에서 정하시죠."

한씨 남매는 기경을 했다.

"그 무슨 말도 안 되는!"

"전 오라버니와 떨어질 수 없어요!"

서로의 호칭을 들어 보나 똑 빼닮은 외모로 보나 분명 쌍둥이 남매인 듯하다.

후 하고 한숨을 내쉬던 조휘가 결국 해결 방안을 내놓았다.

"좋습니다. 당신들이 헤어지지 않을 방법이 하나 있긴 하지요."

"그게 무엇이오?"

조휘가 퉁명스럽게 대답한다.

"그 빙공을 제게 전수해 주시면 됩니다."

아니 이런 날강도 같은 새끼가?

한설백은 또다시 빙백신장을 출수할 뻔하는 자신의 손을 부들부들 떨며 억지로 회수했다.

"불가(不可)! 가문의 비전절공을 어찌 타인에게 함부로 전수할 수 있단 말이오!"

조휘는 피식 웃고 있었다.

남궁세가의 무공도 단 삼 일 만에 자신의 것으로 만들었다.

이미 검천전능지체로 한설백의 빙공, 그 물리학적인 모든 도식을 살핀 마당.

단지 검천대신공이라 공력의 소모가 심해 효율이 떨어질 뿐, 무혼을 지닌 자의 의념은 결코 간단한 것이 아니었다.

절대경이 괜히 절대경인가.

진동하는 속성, 그 흉내 정도라면 그 어떤 무리도 없다.

부우우우웅!

한씨 남매가 조휘의 쌍장에 맺힌 새하얀 냉기를 쳐다보며 찢어질 듯 입을 벌리고 있었다.

"단지 양심상의 허락을 구하는 것이지, 당신들 남매가 거부한다고 해서 해결될 일이 아닙니다. 그냥 협상하시죠."

양강(陽剛), 극음(極陰), 뇌력(雷力).

천하의 수많은 문파 중에서도 자연계에 존재하는 이 세 가지 강력한 속성을 무학의 중심에 둔 문파는 극소수였다.

세외오패의 태양신궁(太陽神宮).

세외오패의 북해빙궁(北海氷宮).

장백산의 뇌천도가(雷天道家).

중원의 문파 중에서도 간혹 양강지력이나 음한기공, 뇌력공을 공부하여 무공에 접목시킨 사례가 있긴 했으나, 양(陽)과 음(陰), 뇌(雷)로 대표되는 이들 세 곳의 명성을 뛰어넘지는 못했다.

이들 세 곳은 철저하게 자신들의 비기를 숨겨 왔다.

자연지기를 다루는 극상승의 무리(武理). 그 지고한 무학적 성취를 결코 타인과 공유하지 않은 것이다.

그중에서도 북해빙궁의 폐쇄성은 단연 으뜸이었다.

빙백신공.

이 지고의 음한기공을 능가하는 음(陰)의 경지는 존재하지 않았다.

그 옛날 천마교의 구음마경이 한때 그 아성을 위협했으나 지금은 사라지고 없는 무공.

그만큼 희소한 무공이었고 북해는 그 비기를 끝끝내 지켜왔다.

한데, 지금 눈앞의 조휘라는 자가 그런 빙백신공을 펼치고 있는 것이다.

극한의 진동력(振動力).

그 엄청난 파장만큼은 오히려 자신들의 빙백신공을 능가하는 것 같았다.

마치 귀신을 본 것마냥 창백하게 굳어져 버린 한씨 남매.

한설백은 상대의 양손에 응결된 새하얀 기운이 도무지 현실처럼 느껴지지 않았다.

그때, 한설백의 두 눈에 기광이 어렸다.

'빙정의 기운은 없다!'

빙정(氷精).

오랜 세월, 오로지 극한의 땅에서 한음지기를 연성해야만 얻을 수 있는 것.

상대의 양손에 떠오른 한음지기에는 그런 빙정의 기운이 없었다.

그 말인즉, 오랜 세월 한음지기를 닦아 온 빙인(氷人)이 아니라는 뜻이다.

이 중원 한복판의 강호인이 어떻게 빙백신공을 알고 있겠는가.

'그 말은 설마……?'

빙정을 품고 있지 않다는 것은 내기의 순수한 운용만으로 파장을 만들어 내 한기를 일으켰다는 뜻이다.

설마 자신의 빙백신장을 한 번 보고 따라 한 것이란 말인가?

그 어이없는 상상에 한설백은 등줄기에 소름이 좌르르 돋아났다.

어느덧 빙백신장의 기운을 거두며 담담한 얼굴로 뒷짐을 지고 있는 조휘.

"혹, 우리의 빙장을 한 번 보고 따라 한 것이란 말이오?"

한설백의 질문에 조휘가 대수롭지 않다는 듯한 얼굴로 입을 열었다.

"뭐, 일단은 흉내에 불과합니다. 당신의 빙장(氷掌)과 비교될 한기는 아니잖아요? 그래서 사람들이 원조를 최고로 치는 거죠."

조휘의 얼굴이 익살로 물든다.

"그래도 당신의 빙장, 그 초수(初手)는 모두 눈에 담았습니다. 빨리 선택해 주시죠. 한 분이 따라가 주시든가 아니면 빙장과 짝을 이루는 내공심법을 내놓으시든가."

빙공을 향한 조휘의 집착.

그도 그럴 것이 제대로 빙공만 익힐 수 있다면 막대한 예산이 소요되는 대석빙고를 건설하지 않아도 될 터였다.

하지만 독문의 내공심법 없이 흉내만 내는 빙장으로는 내공의 소모도 심했고 한설백처럼 단번에 많은 양의 물을 얼음으로 만들지 못했다.

물론 검천대신공의 막대한 내공력을 끝없이 소모한다면 불가능한 일은 아니었지만, 조휘의 성격, 효율성을 최고로 치는 현대인의 특성상 욕심이 나지 않는 것이 더 이상한 것이다.

입술을 꼭 깨물고 있던 한설현이 끝내 결심했다.

"……제가 가겠어요."

"설현아!"

눈꼬리를 바르르 떠는 그녀의 고운 자태를 바라보며 조휘는 하마터면 설렐 뻔했다.

현대에서 봐 왔던 그 어떤 아이돌과도 비교를 불허하는 천상의 미녀.

"차라리 네가 남거라! 내가 저자와 함께 가겠다!"

"아니에요! 오라버니가 남으셔야 해요!"

앙다문 입술로 정신없이 고개를 가로젓는 한설현.

그럴 수는 없었다.

자신의 오라버니는 장차 빙궁을 재건할 사내, 북해의 마지막 희망이다.

오라버니가 절대빙인이 되어 북해의 절대자, 그 전설을 재현할 수만 있다면 자신은 모든 것을 희생할 수 있었다.

게다가 독문의 빙백신공을 타인에게 전수한다는 것은 더욱 일어나선 안 될 일이었다.

결국 자신이 저자를 따라나서는 것이 가장 합리적인 판단.

한설현의 고운 얼굴이 오라버니를 향했다.

"오라버니, 꼭 대성(大成)하시어요."

한설백은 여동생의 눈빛만 봐도 그 뜻을 알 수 있었다.

어찌 모르겠는가. 북해의 한(恨)이 자신의 어깨 위에 있음을.

한낱 상인의 강짜조차 당해 내지 못하는 것이 지금의 현실이다.

'설현아……'

빙궁이 건재했다면 북해인의 사랑을 듬뿍 받으며 금지옥엽으로 자랐을 아이였다.

이 먼 중원까지 와서 고작 얼음 장사꾼에게 팔려 가듯 해야 하다니!

이 모든 것이 힘이 없어 일어난 일.

치욕적으로 굳어진 한설백의 얼굴, 그의 두 눈에서 지독한 한기가 흘러나왔다.

'내 반드시 절대빙인이 되어 저자를 죽일 것이리라!'

그렇게 한동안 지독한 살기를 내뿜던 한설백이 묵묵히 걸어가 만년빙정 위에 올라갔다.

곧 그의 빙백신공이 만년빙정의 정기를 흠뻑 받아들인다.

흡족한 미소를 짓고 있는 조휘.

이 여자를 데려가는 이상 저자에게 만년빙정을 도둑맞거나, 혹은 그의 탈출을 걱정할 필요는 없을 터.

드디어 엄청난 양의 얼음을 생산할 수 있게 되었다.

곧 조가대상회의 영향력이 두 배, 세 배로 더 확장될 것이리라!

◆ ◇ ◆

조가대상회로 돌아간 조휘는 일과 시간에 한씨 남매를 구경했던 자들을 불러 모아 감봉을 통보한 후 곧바로 조가객잔으로 향했다.

몇몇 간부들에게 강서행을 준비시켰기에 하루 이틀 정도는 시간이 났다. 때문에 출발하기 전 사업장을 둘러보려는 것이다.

조휘는 사람의 외모가 이렇게까지 성가실 수 있다는 것을 처음으로 깨닫게 되었다.

한설현이 지나갈 때마다 넋이 나간 표정으로 쳐다보고 있는 인파들.

평소 아무리 남의 이목을 신경 쓰지 않는 조휘라 해도, 이제는 너무 시선이 집중되어서 부담스러울 지경이다.

결국 조휘는 저잣거리의 골목 어귀로 한설현을 끌고 들어갔다.

"안 되겠습니다. 일단 그 옷부터 갈아입죠."

"네?"

북방의 양식으로 지어진 가죽 옷.

눈꽃처럼 새하얀 털로 온통 치장된 그녀의 가죽의(皮衣)부터 처리를 해야 그나마 덜 눈에 띌 것이다.

"이건 벗을 수 없어요!"

두 손으로 가슴팍을 감싸 안으며 그대로 주저앉고 마는 한설현.

어느새 골목 어귀로 수북 몰려든 인파들이 조휘를 향해 혀를 차며 삿대질을 했다.

"저런 파렴치한! 벌건 대낮에 여인을 희롱하다니!"

"쯧쯧! 하여간 요즘 젊은 것들은! 말세다 말세!"

때 아닌 오해에 후- 하고 한숨을 내쉬던 조휘가 가볍게 진각을 내딛으며 일갈했다.

쿵!

"거 남의 일에 신경 쓰지 마시고 제 갈 길들 가시지?"

사람들은 조휘가 강호인이라는 것을 깨닫자마자 창백해진 얼굴로 뿔뿔이 흩어졌다.

"이봐요 북해 소녀. 중원에 왔으면 중원의 옷을 입어야죠. 너무 눈에 띄지 않습니까."

한설현은 결코 다른 의복을 입고 싶지 않았다.

백랑보의(白狼寶衣).

어머니께서 돌아가시기 전, 수년에 걸쳐 지어 주신 옷이었다.

자식들이 자랄 것을 가늠하여 그 귀한 백랑의 가죽을 수십,

수백 번을 덧대어 완성해 낸 어머니의 사랑.

그런 어머니의 숨결을 어찌 벗을 수 있단 말인가.

"아니 한여름인데 덥지도 않습니까? 아무리 고향의 옷이 좋아도 그렇지, 곧 온몸에 불결한 냄새로 가득할 텐데?"

한설현이 두 눈을 동그랗게 떴다.

"당신……!"

자유분방한 북방과는 달리, 중원은 예법을 지독히 중요시한다고 들었다.

한데 눈앞의 청년은 여인에게 못 하는 소리가 없었다.

"제가 무슨 틀린 말이라도 했습니까? 이 습기 가득하고 무더운 날씨에 계속 그 복장을 고집했다가는 결국 이가 들끓을 텐데요? 게다가 지금 사람들의 시선이 안 느껴집니까? 뭐 시선을 즐기는 관종인가."

"관종? 그게 뭐죠?"

"사람들의 시선과 관심을 즐기는 변태를 일컫는 말이죠."

한설현의 고운 아미가 가득 찌푸려졌다. 그 표독한 표정조차도 귀엽고 예쁘다.

"……좋아요 갈아입겠어요. 대신 이 옷은 절대 잃어버릴 수 없어요. 당신의 상단에서 철저히 보관해 주세요."

조휘가 흔쾌히 고개를 끄덕인다.

"그러도록 하죠."

합의가 끝나자 조휘는 저잣거리의 한 포목점으로 한설현

231

을 데려갔다.

"헉! 회장님!"

조휘가 도착한 곳은 '천향포목점'으로 원래는 화씨검문의 사업장인 곳이었다.

조가상단의 단가 후려치기를 견디지 못하여 결국 화서명에 의해 매각당해 버린 비운의 포목점.

하지만 조가대상회의 질 좋은 포목들을 공급받은 뒤로 지금은 오히려 과거보다 더욱 규모가 커졌다.

이곳 천향포목점뿐만 아니라 합비의 모든 상점주들은 조가대상회의 비위를 맞추기 위해 혈안이었다. 그렇지 않고서는 살아남을 수가 없었기 때문이다. 그만큼 조가대상회가 유통시키는 물품들의 상품성은 엄청났다.

"이쪽으로! 어서 이쪽으로 드시지요! 회장님!"

누구든지 한설현을 처음 발견하면 그 엄청난 미모에 눈이 돌아갈 터.

허나 천향포목점의 점주 이영안(李營安)은 그녀를 쳐다보지도 않았다.

그녀에게 눈길 한 번 주지 않고 오로지 조휘에게만 극도로 몸을 낮춘다. 그도 그럴 것이 조휘는 이 천향포목점의 생사여탈권을 쥔 사람이었다.

"이 여인에게 어울릴 법한 옷 한 벌 내주십시오."

그제야 점주 이영안의 시선이 한설현에게 향했다.

그 엄청난 미모에 화들짝 놀라면서도 연신 조휘를 향해 비굴한 웃음을 날렸다.

"헤헤! 역시 회장님이십니다! 이런 엄청난 미인이시라니! 혹 혼례를? 예복이 필요하신지?"

손을 비비며 극도의 눈알 굴리기를 시전하는 점주 이영안.

조휘가 나직이 한숨을 내쉬며 말했다.

"그런 거 아니니까 무복(武服) 하나 빨리 내주시죠. 최대한 눈에 안 띄는 수수한 것으로."

"아, 알겠습니다! 바로 대령하겠습니다!"

점주 이영안이 눈대중으로 한설현의 치수를 셈한 뒤 발을 바삐 놀려 새하얀 무복을 가져왔다.

한눈에 봐도 값비싸 보이는 비단 무복이었다.

하필 골라온 것이 또 하얀색이라 조휘가 눈살을 가득 찌푸렸다.

"아니 이런 백의(白衣) 말고 좀 칙칙한 거요! 무명옷 없습니까?"

"아? 알겠습니다! 바로 바꿔 오겠습니다!"

점주 이영안이 식겁한 얼굴로 온갖 재고를 뒤지더니 곧 칙칙한 흑색의 무명옷을 꺼내 왔다.

그 칙칙하고 식상한 빛깔이 마음에 들었는지 조휘가 흑색 무복을 한설현에게 내밀었다.

"어서 갈아입고 오시죠."

"……."

한 서린 얼굴로 흑색 무복을 받아 드는 한설현.

그녀는 어머니가 지어 주신 옷을 벗는 것이 그저 한없이 처연하기만 했다.

그렇게 차 한 잔 마실 시간이 지났을까.

마침내 한설연이 옷을 갈아입고 나왔다.

"……."

"……."

조휘와 점주 이영안은 꿀 먹은 벙어리처럼 멍하게 서 있었다. 그녀의 자태에 넋이 나가 버린 것이다.

아니 이게 말이 되나?

짙은 흑색 무복이라 새하얗고 어여쁜 얼굴이 더욱 강조된다.

활동성을 고려한 무복(武服)의 특성상 몸의 태가 드러날 수밖에 없었고, 이에 그녀의 가녀리면서도 농밀한 여인의 곡선이 그대로 드러났다.

완벽(完璧)했다.

펑퍼짐한 가죽털옷 속에 저렇게 완벽한 여인의 굴곡이 숨겨져 있었을 줄이야!

새하얀 털옷을 칙칙한 무복으로 바꿔 놨는데도 오히려 더 아름답다.

'역시 패완얼인가…….'

패션의 완성은 얼굴!

조휘가 질렸다는 듯 고개를 절레절레 저으며 다시 점주 이영안을 쳐다봤다.

"거, 나이 든 아낙네들이 입는 펑퍼짐한 저고리 있죠? 그리고 면사도 좀 부탁드립니다."

그때, 한설현이 처음으로 자기 주관을 드러냈다.

"전 이게 좋은데요?"

항시 두꺼운 털옷을 입었던 그녀에게 이런 가벼운 느낌의 무명 무복은 새로운 세계였다.

막상 입어 보니 그 산뜻한 느낌이 너무나 마음에 들었던 것.

조휘가 짜증 섞인 얼굴을 했다.

"면사는 착용하시죠. 피곤해서 못 살겠네."

"……알겠어요."

계산을 마치고 멀어져 가는 조휘의 등을 멍하니 응시하고 있는 한설현.

그런 그녀의 얼굴에는 가벼운 홍조가 떠올라 있었다.

가족 외의 다른 사람에게 옷을 선물받는 것은 오늘이 처음이었던 것이다.

다음 날 조가객잔.

안휘철방의 이여송 총관이 커다란 봇짐을 등에 멘 채 주렴을 걷으며 들어서고 있었다.

그가 간단한 소면으로 식사를 하고 있는 조휘를 발견하고는 예를 표했다.

"회장님. 기침하셨습니까."

총관 이여송은 내심 혀를 내둘렀다.

이제 막 묘시 초(새벽 5시)를 지나는 이른 시간임에도 조휘가 벌써 일어나 식사를 하고 있었기 때문이다.

긴장한 얼굴의 숙수들이 조휘의 뒤편에 서서 연신 눈을 비비고 있는 것을 보니 한편으로는 측은하기도 했다.

"음…… 맛이 변하진 않았네요. 수고하셨습니다."

회장의 평을 기다리던 숙수들이 그제야 한결 편안해진 얼굴을 했다.

소면(素麵).

조가객잔의 음식들 중 손님들이 가장 많이 주문하는 음식이다.

일단 가격도 저렴했고 주문하면 가장 빨리 나오는 음식이었기에 갈 길 바쁜 여행객들과 표사들, 서둘러 일터에 복귀해야 하는 상인들에게 안성맞춤인 음식이었던 것이다.

조휘는 주로 아침에 많이 나가는 이 소면에 광적인 집착을 보였다.

기존 중원의 소면은 육수에 기름기가 너무 많아 아침에 먹기엔 조금 부담스러웠다.

그래서 조휘는 현대에서 먹던 국수, 즉 잔치국수를 현지화했다.

처음에 합비인들은 고깃국 맛이 전혀 없는 조가객잔의 소면을 어색해했다.

허나 그들은 기름기가 쫙 빠져 담백한 잔치국수의 참맛에 점점 빠져 버렸다. 최근에는 마른 어포(魚脯)로 우려낸 조가객잔의 소면을 다른 객잔에서 흉내를 낼 정도.

시원한 국물을 몇 번 더 후루룩 들이켜던 조휘가 다시 숙수들에게 당부했다.

"잘하고 계시네요. 기본적인 소면부터 맛없으면 그건 객잔이 아니라고 생각합니다. 앞으로도 육수를 만들 때 어포의 정량을 무조건 지켜 주세요."

"며, 명심하겠습니다."

"분부 받들겠습니다."

중원에서 어포는 굉장히 비싼 재료다. 오히려 돼지고기나 닭고기보다 더 비쌀 지경. 숙수들이 은근슬쩍 어포의 재고를 속이거나 빼돌린다면 조휘는 결코 용서할 생각이 없었다.

숙수들이 자리를 비키자 그제야 조휘가 이 총관을 맞이했다.

"감봉에 불만은 없으시죠?"

이여송 총관은 씨익 웃으며 자신에게 다가오는 조휘의 눈도 마주치지 못하고 어쩔 줄을 몰라 했다.

"소, 송구할 따름입니다. 부끄럽습니다. 다음부터는 결코 실수하지 않겠습니다."

조휘는 매사에 철두철미한 이여송 총관에게 그런 인간적

인 면모가 있다는 사실이 오히려 기꺼웠다.

"같은 잘못을 저질렀는데 누구는 봐주고 누구는 벌주고 할 수는 없습니다. 회(會)의 방침에 따른 것이니 너무 섭섭해하지 마세요. 그리고 이것 좀 보관해 주시죠."

조휘가 내민 것은 한설현이 입고 있었던 백랑보의였다. 이여송 총관도 그 옷을 한눈에 알아봤다.

"예. 알겠습니다."

이여송 총관이 조심스럽게 백랑보의를 여미다가 그 안감을 살펴보더니 감탄성을 내질렀다.

"호오!"

철방에서 칠 년을 보낸 이여송이었다. 소산각 일꾼들의 무두질을 그만큼이나 지켜보고도 백랑보의의 뛰어남을 발견하지 못한다면 그것은 바보다.

"왜 그러십니까?"

"과연 가죽을 다루는 솜씨만큼은 북방(北方)이 천하제일이라더니! 이 가죽옷은 예사의 물건이 아닙니다."

"그래요?"

"보십시오. 여기……."

이여송 총관이 백랑보의의 이곳저곳을 가리키며 설명하기 시작했다.

안감 곳곳의 가죽은 오래 묵은 태가 역력했지만 가죽과 가죽을 연결하고 있는 가죽 끈들, 그리고 그 구멍들 모두가 헤진 구석 하나 없었다.

분명 중원(中原)의 기술로 만들어졌다면 이미 너덜너덜 해어져서 그 수명을 다했을 터.

가죽 자체가 뛰어난 건지 특유의 공법이 추가된 건지 일단은 알 수 없으나 북방의 피공법(皮工法)이 뛰어나다는 사실은 단숨에 알 수 있었다.

게다가 여기저기 가죽 끈으로 바느질해 놓은 기법들이 너무나 생소하고 특이하여 안휘철방의 무두질만 봐 온 이여송 총관의 입장에서는 이 가죽옷을 지은 사람을 직접 보고 싶은 마음마저 생길 정도였다.

가죽 곳곳에 새긴 특유의 무늬나 장식들도 예사 솜씨가 아니었다.

"호오……!"

이여송 총관의 설명을 모두 들은 조휘도 호기심이 생겼다.

소산각과 기산각에서 생산되는 상품들이 점점 다양해지고 있었다.

장군부의 고위층들에게 납품할 보검(寶劍)과 기산각의 운차들만 해도 가죽이 많이 들어갔다.

하지만 철방 일꾼들의 무두질은 투박한 측면이 많았다. 실력 있는 피공(皮工)들 대부분이 황실과 관에 소속되어 있었기에 조휘로서도 늘 답답했던 것이다.

한데 북방의 피공법이 이토록 뛰어나다면 조휘로서는 새

로운 돌파구가 생기는 셈이다.

그때 마침 흑의 무복으로 갈아입은 한설현이 계단을 타고 내려오고 있었다.

조휘는 다짜고짜 백랑보의를 눈짓으로 가리키며 그녀에게 질문했다.

"이 가죽옷을 만든 사람은 누구입니까?"

"저희 어머니께서 지으신 거예요."

"음?"

이토록 뛰어난 가죽옷을 만든 사람이 피공(皮工)이 아니라 어머니라고?

조휘가 믿을 수 없다는 듯한 얼굴을 했다.

"어머니께서 피공이셨습니까?"

"피공이 뭐예요?"

"가죽을 다루는 직업을 지닌 사람을 칭하는 단어입니다."

한설현은 처음 듣는다는 듯한 얼굴이었다.

"북해에 그런 직업을 지닌 사람은 없어요. 모든 의복은 어머니들이 만드세요."

북해 역시 파오(包) 생활을 하는 유목 민족의 문화권이다. 부족 생활을 하는 그들의 입장에서 직업의 구분은 낯선 것이었다.

조휘가 황망한 얼굴로 되물었다.

"그럼 북해의 여인들 모두가 이런 수준의 가죽옷을 만들 수 있단 말입니까?"

"어머니께서 솜씨가 좋으신 편이었어요. 저는 어머니의 발 끝에도 못 미쳐요."

조휘가 반가운 얼굴을 했다.

"그럼 소저도 피공법을 알고 있다는 겁니까?"

"네. 어머니의 솜씨를 따라갈 수는 없지만 조금은……."

"계, 계약합시다!"

이게 웬 횡재란 말인가!

물론 한설현은 겸양하고 있었지만 북방의 피공법이 대단 하다는 것을 한눈에 알아본 마당이었다.

분명 안휘철방의 일꾼들과 비교조차 할 수 없는 손재주를 지니고 있을 터!

"……계약이 뭐죠?"

"소저의 피공법을 저희 안휘철방의 일꾼들에게 전수해 주 시죠! 섭섭지 않게 대우해 드리겠습니다! 아니지. 이번 기회 에 아예 가죽공방을 신설하시는 건 어떻습니까 이 총관님?"

"좋은 생각이십니다."

단순히 만년빙정의 대체용(?)으로만 여겼는데 복덩이가 넝쿨째 굴러온 것이다!

그때, 조가대상회의 간부들이 우르르 조각객잔으로 밀려 들어 오고 있었다.

조휘는 이번에 노련한 간부들을 절반 이상 차출했다. 특히 철방의 노련한 일꾼들을 칠 할 이상 데려왔다.

원목처럼 원형의 기둥으로 아파트를 지을 수는 없었다.

그런 무식한 형태로 만들면 소모되는 철광석이 어마어마할 터.

H빔.

공학적으로 충분히 안정적인 H빔이라면 비용을 엄청나게 줄일 수 있을 것이다.

그런 H빔의 개발부터 생산까지 모두 강서에서 해야 했기 때문에 노련한 철방의 기술자들을 제법 많이 데려올 수밖에 없었던 것.

이렇듯 수많은 간부들과 기술자들을 빼 오면 분명 안휘의 사업장에 타격이 생기겠지만 어쩔 수가 없었다.

계획대로라면 강서는 오히려 안휘보다 더욱 거대해진 상권을 지니게 될 것이다.

그 젖과 꿀이 흐르는 땅에 제이의 조가대상회를 세우는 일은 결코 만만치가 않았다.

"자자, 잘 오셨습니다. 배를 채운 후 곧바로 출발하도록 하죠. 상계일통!"

조휘가 구호를 선창하자 조가대상회의 직원들이 하나같이 쩌렁쩌렁한 목소리로 화답했다.

-대상평천하!

상계일통 대상평천하(商界一通 大商平天下).

누가 듣는다면 혀를 차며 오만하다고 욕할 수도 있는 구호였지만, 조가대상회의 구호란 것을 안다면 한 결같이 고개를 끄덕일 수밖에 없을 것이다.

그렇게 모두 식사를 마친 후.

객잔 밖으로 나선 조휘가 조가대상회의 깃발을 높이 들며 손수 기수(旗手)를 자처하자, 수십 대의 운차가 그의 뒤를 따랐다.

조가대상회의 팔십여 직원들이 마침내 강서행을 결행(決行)한 것이다.

강호에 일대 파란을 일으킬 첫 발걸음이자, 중원제일상(中原第一商)의 명성, 그 시작이었다.

21章.

21 章.

높다란 신장, 장대한 체구.

송충이 눈썹을 잔뜩 찌푸리고 있는 노년의 장한이 포양호의 대흑객잔을 찢을 듯이 바라보고 있었다.

산발한 머리 사이로 태양처럼 이글거리는 강렬한 안광.

여기저기 찢겨진 무복 사이로 드러난 강철 같은 근육.

가히 남신상(男神像) 같은 위용!

새치로 뒤덮인 그의 잿빛 머리칼로 미뤄 보아 오십의 세수는 넘은 것이 분명한데 그 육체만큼은 이십 대의 젊음을 능가하고 있었다.

그런 육중하고 강건한 그의 체구에 질렸는지, 객잔 앞을 지

247

나는 사람들이 연신 눈치를 살피며 시비를 피하고 있었다.

곧 노년 장한의 입에서 우레와 같은 음성이 터져 나왔다.

"일룡아! 이 배은망덕한 제자 놈아! 이 사부가 왔느니라! 썩 나오지 못할까!"

이 노인은 다름 아닌 녹림대왕(綠林大王) 철웅패(鐵熊覇).

단 두 주먹으로 녹림을 일통한 절대자이자 그 유명한 진무역천권(眞武逆天拳)의 주인공이었다.

그 거한인 장일룡보다도 머리 하나는 더 큰 철웅패가 더욱 크게 고함을 질렀다.

"빨리 나오지 못하겠느냐! 꼭 내가 다 부숴야 나올 참이냐!"

그때, 객잔의 주렴을 걷으며 장일룡이 뛰쳐나왔다.

귀신을 본 듯한 창백한 얼굴.

심지어 맨발이다.

"아, 아니 사부님이 여긴 어떻게?"

순간, 철웅패의 신형이 흐릿한 잔상과 함께 푸숙 꺼졌다.

"아악! 놔, 놔요!"

그야말로 놀라운 장면!

그 거대한 체구의 장일룡이 대롱대롱 매달려 있었다.

철웅패가 장일룡의 뒷덜미를 움켜잡은 채 허연 이를 가득 드러냈다.

"강호에 녹림의 녹음(綠陰)이 닿지 않은 곳이 존재하더냐? 내 남궁 놈의 체면을 보아 지금까지 참아 왔다. 한데 이제는 이

판사판이니라!"

순간, 철웅패의 두 눈이 용암처럼 이글거렸다.

"그래. 정파인이 되셨다고?"

"히익!"

기겁하며 눈을 감는 장일룡.

사부가 저런 눈이 되면 꼭 구타가 뒤따른다.

"아, 아니 그게 아니고요. 내 말 좀 들어……."

"위대한 정파 협객께서 녹림도에게 비굴하게 굴종하려는 것이냐?"

뚜둑뚜둑.

철웅패가 고개를 좌우로 꺾으며 천천히 몸을 풀자 장일룡이 발악하듯 외쳤다.

"에잇 싯팔! 내가 이래서 도망쳤지! 뭔 말도 들어 보지도 않고 또 때리려고? 아니 내가 무슨 개요? 왜 허구한 날 복날에 개 맞듯 두들겨 맞아야 하는데!"

피식.

철웅패가 자신만큼이나 무식한 제자의 근육들을 살폈다.

"그래서? 네놈의 영세철갑신이 쓸모없다 그것이냐?"

영세철갑신(永世鐵甲身).

무식한 구타가 기본 수련법이라는 희대의 외공법.

진무역천권과 짝을 이루는 이 엄청난 외공은, 그 수련의 난이도가 너무 높아 백 년 내 대성한 자가 아무도 없었다.

때문에 철웅패는 장일룡에게 거는 기대가 아주 컸다. 이 짐승 같은 제자 놈의 놀라운 회복력은 인간의 수준을 벗어난 것이었다.

"그래. 아직 여물지 않은 네놈의 조문을 파괴해 주리? 이 사부가 준 것이니 거둬 가도 할 말은 없을 터."

조문(照門).

외공을 익힌 무인들의 숙명과도 같은 약점이다.

적에게 조문이 발각된 외공의 고수는 제대로 힘을 쓰지 못했다. 조문의 방어를 항상 염두에 둬야 했기 때문에 공수의 수발이 자유롭지 못한 것이다.

영세철갑신도 물론 조문이 있었다. 허나 대성(大成)만 할 수 있다면 그런 조문이 사라진다.

전설의 금강불괴(金剛不壞).

그 소림의 위대한 외공에도 절대 꿀리지 않는 것이 영세철 갑신이다.

그 순간 어디선가 여인의 뾰족한 귀곡성(?)이 들려왔다.

"꺄악! 남궁이닷!"

객잔의 꼭대기 지붕 위.

풀어진 머리칼을 쓸어 올리며 호들갑을 떨고 있는 창백한 얼굴의 여인.

그녀의 시선이 닿아 있는 곳에는 삿갓을 깊게 눌러쓴 한 쌍의 장년인들이 이제 막 객잔 앞으로 들어서고 있었다.

순간, 철웅패가 상대가 패용하고 있는 검을 살피더니 이를 가득 깨물었다.

"제왕신검(帝王神劍)!"

나직이 한숨을 쉬던 장년인, 창천검협 남궁수가 삿갓을 들어 올리며 두 눈을 휘둥그레 떴다.

"철웅패?"

눈빛만으로 사람을 죽인다!

지금 철웅패의 눈빛이 바로 그랬다.

이 주 전 흑천련이 갑작스럽게 병력의 해산을 통보해 왔다.

배에 몸 한 번 실어 보지도 못했는데 갑자기 해산이라니?

당천포에 투입된 녹림의 병력은 자그마치 칠천(七千). 그런 엄청난 병력을 동원해 물이 불어나기만을 기다리며 두 달 이상이나 숙영해 왔다.

칠천의 병력을 두 달 이상 먹이고 재우는 데 필요한 은자는 실로 어마어마하다. 이번 출정에 그야말로 사활을 건 것이다.

녹림의 입장에서는 안휘를 접수하지 못한다면 모든 것이 끝장이었다.

한데 그 모든 계획을 백지화하자고?

뭔 장난하는 것도 아니고 열불이 터지는 심정을 도저히 주체할 수 없어 욕지거리를 내뱉을 무렵, 흑천련의 사자(使者)는 더욱 충격적인 소식을 전해 왔다.

동맹 파기.

처음에는 잘못 들었나 싶어 몇 번이나 흑천련의 사자를 닦달했다.

그러나 흑천련의 사자는 분명하게 동맹 파기를 확언해 주었다.

아니 지들이 먼저 굽히고 들어와 동맹하자 해 놓고 이제 와서 뒤엎자고?

그 고루한 녹림십칠웅(綠林十七雄)들을 밤낮으로 설득하여 겨우 녹림의 뜻을 하나로 모은 이 판국에?

철웅패는 흑천련 사자를 일권(一拳)에 가루를 만들고 싶었지만 겨우 마음을 추슬렀다.

그 후 강서의 상황을 알아보기 위해 즉각 수하들을 파견했다.

어떻게 된 상황인지는 곧바로 파악할 수 있었다.

이미 창천검협 남궁수의 활약상, 그 소문이 퍼질 대로 퍼져 있었던 것.

그 괴이한 소문을 곧이곧대로 믿을 수는 없었지만, 모든 사건의 중심에 창천검협이 있는 것만큼은 확실했다.

철웅패의 주위로 진득한 투기(鬪氣)가 피어올랐다.

"어이, 창고 털이범."

창천검협 남궁수가 허탈하게 웃었다.

자신을 잡범 취급하는 철웅패였지만 기이하게도 화가 나지 않았다.

"모두 오해일세."

"오해?"

철웅패가 두 주먹을 굳세게 움켜쥔다.

곧 그의 전신 근육이 격렬하게 꿈틀거리다 진무역천권 특유의 묵빛 강기가 그의 두 주먹에 서렸다.

권강지경(拳罡之境).

모든 권사들이 꿈에서 바라 마지않는 경지다. 그의 무위가 화경의 극에 이르렀다는 증표이기도 했다.

"두 번 오해했다가는 녹림이 멸망하기라도 하겠구먼? 한낱 미물도 막다른 길로 내몰리면 독아(毒牙)를 내밀거늘! 네놈은 녹림을 멸하기로 작정한 건가? 이게 무림맹의 뜻인가?"

"......"

눈이 돌아간 놈에게 해명을 늘어놔 봐야 모두 헛소리로 들릴 터.

나직이 한숨을 내쉬던 남궁수가 천천히 검결지를 고쳐 잡았다.

정(正)과 사(邪) 간에 더 이상 무슨 말이 필요할까.

남궁은 제왕.

오롯이 검으로 말할 뿐이다.

문답무용(問答無用).

곧 광활한 창공의 검세가 사위를 집어삼킨다.

서서히 푸른 서기로 물드는 남궁수의 두 눈.

그 명백한 절대경의 상징 앞에서 철웅패는 피가 나도록 입술을 깨물었다.

칠무좌(七武座).

정파무림의 일곱 하늘.

평생토록 녹림을 짓누르는 그 이름.

한때, 비천한 낭인의 삶을 전전긍긍하던 과거, 늘 우러러볼
수밖에 없었던 그 잘난 정도명가.

욱하고 치미는 오기, 그 강렬한 투쟁심이 순식간에 철웅패
의 정신을 지배했다.

진무역천권(眞武逆天拳)

제삼권(第三拳).

역천구격세(逆天九擊勢).

꾸르르릉!

철웅패가 강력한 진각을 밟으며 뛰쳐나가자 객잔 앞의 땅
거죽이 모두 뒤집어졌다.

아홉 줄기의 치명적인 권강(拳罡)이 그대로 남궁수를 짓쳐
들었다.

남궁수가 여전히 오연한 얼굴로 검을 치켜들었다.

창궁무애검(蒼穹無涯劍)

전사식(前四式).

천뢰암강포(天雷岩罡砲).

순식간에 나타난 수십 개의 검환들이 잠시 허공에 머무르
더니, 그대로 포탄처럼 쏘아져 권강 다발들을 맞이한다.

콰콰콰콰쾅!

강력한 충격파가 사방으로 비산했다.

여전히 무표정한 얼굴로 호신강기(護身罡氣)를 일으키는 남궁수.

수많은 파편들이 그의 푸르른 호신강기의 기막에 막혀 우수수 떨어지고 있었다.

곧바로 남궁수의 검극이 격렬하게 떨리기 시작했다.

제왕검형(帝王劍形)

전삼식(前三式) 현현제왕도(玄玄帝王道).

전사식(前四式) 천단무극세(天斷無極勢).

절대경의 무인만이 펼칠 수 있는 오롯한 경지가 장내에 현신(現身)했다.

고절한 의형지도의 기운이 가득한 제왕검형, 그 엄청난 경지의 검식들이 연계초식으로 펼쳐진 것.

저잣거리의 사람들은 싸움 구경이라면 물불을 가리지 않았지만 천지사방을 짓누르는 제왕의 압박을 견디지 못하고 결국 뿔뿔이 흩어졌다.

현현제왕도.

압도적인 검력으로 일정 범위의 공간을 지배하는 검식이다.

아무리 지고의 무위를 지닌 무인이라 할지라도 제왕의 검력, 현현제왕도의 범위 안에서는 제 힘을 쓰지 못했다. 철웅패도 예외가 될 수는 없는 터.

제왕검형을 잘 아는 자라면, 사백 년 남궁가의 모든 것이라는 제왕검형의 후삼식(後三式)보다도 이 현현제왕도를 더욱 두려워했다.

당혹한 기색으로 가득 물든 철웅패의 얼굴.

내부를 거칠게 휘감아 돌던 패룡심공(覇龍心功)의 기운이 점점 잦아들고 있었다. 내가진기의 수발이 가닥가닥 끊어지고 있는 것이다.

그가 그렇게 당혹해하고 있는 그때, 거대한 제왕의 검세마저 날아들고 있었다.

천단무극세.

하늘마저 벤다는 그야말로 제왕무극(帝王無極)의 검, 그 오만한 제왕의 검초가 그대로 짓쳐 오고 있는 것이다.

덜덜.

'……이 정도였단 말인가?'

철웅패는 식은땀을 흘리고 있었다.

소싯적에 몇 번 부딪친 것을 제외한다면 정파무림의 칠무좌들, 절대경의 무인과 대적해 본 것은 오늘이 처음이었다.

곧 철웅패가 피가 나도록 입술을 깨물며 몸을 웅크렸다.

내가진기가 끊어져 권초로 맞설 수 없는 상황에서, 자신이 믿을 수 있는 것은 무적의 외공 영세철갑신뿐이었다.

팟!

강력한 충격파를 기다리고 있었는데 아무런 반응이 없자

철옹패가 조심스레 실눈을 떴다.

"음?"

내가진기의 수발을 괴롭히던 제왕의 패력이 씻은 듯이 사라져 있었다. 게다가 맹렬히 짓쳐 오던 검세도 더 이상 느껴지지 않았다.

철옹패가 잔뜩 구겨진 얼굴로 창천검협 남궁수를 쳐다보았다.

그는 이미 검을 검집에 넣고서 뒷짐을 지고 있었다.

반개한 눈으로 자신을 쳐다보는 그 무심한 얼굴.

'이 내가……! 이 녹림대왕이……! 무인으로서의 자존심도 배려받지 못할 정도란 말인가?'

저 고고한 정파 놈이 검세를 거둬들인 의미는 단 하나, '자비'다.

마지막 일검이 상대의 목숨을 거둘 거라는 것을 확신했기에 검세를 회수한 것이다.

철옹패는 그 치욕에 부들부들 몸을 떨었다.

'개 같은 놈! 끝까지 잘난 정파 나리군!'

너무나도 허탈했다.

절대경과 이렇게까지 차이가 난단 말인가?

화경(化境)의 극(極)을 이루는 것만 해도, 그간 쏟아 온 열정과 집착은 광기에 다름이 아니었다.

잡힐 듯 말 듯한 절대경의 경지, 그 깨달음을 앞에 두고 긴 세월 동안 얼마나 절망했던가.

하지만 어쩌겠는가.

강호의 무인은 오로지 실력으로 자신을 증명할 뿐.

이미 결투에서 패배한 마당에 또다시 그를 향해 시비를 건다는 것은 무인으로서 수치스러운 일이었다.

철웅패는 고수가 부족한 녹림의 현실, 그 한계를 직접 느끼는 것 같아 더욱 가슴이 착잡해졌다.

허나 자신의 대제자는 또 다른 문제.

저 절대(絶大)의 재목을 더 이상 방관할 수는 없었다.

장차 십만 녹림도의 비원을 이뤄 줄 아이.

"흥! 가자!"

또다시 목덜미가 잡힌 장일룡이 기겁을 하며 비명을 질렀다.

"아! 전 대산(大山)을 나왔다고요! 다시 돌아가지 않을 겁니다!"

대산을 나왔다?

그런 고약한 제자의 언사에도 속이 뒤집어졌지만, 창천검협 남궁수를 흘깃거리며 흠모하는 태를 역력히 드러내는 그 눈빛이 더욱 괘씸했다.

퍼퍼퍽!

콰쾅!

장일룡이 찰진 타격음과 함께 저만치 날아가 후원 한편에 처박혔다.

한동안 흙더미에 파묻혀 꿈틀거리던 장일룡이 흙 밖으로 솟구치며 역팔자의 눈썹을 했다.

"싯팔! 이게 무슨 제자냐고! 정파 놈들처럼 제자 사랑? 내가 그 정도는 바라지도 않아요! 아니 근데 이건 좀 정도가 지나치지 않나?"

철웅패가 자신의 손을 매만지며 다채로운 표정을 했다.

"……반탄지기?"

살면서 이토록 놀라운 적이 몇 번이나 있었던가.

반탄지기(反彈之氣).

외공의 경지상 금강불괴의 바로 전 단계로, 결코 저 나이에 이룩할 수 있는 수준이 아니었다.

외공에 관한 한 가히 천고의 기재라 할 수 있는 장일룡의 재능이 또 한 번 여실히 드러나는 순간이었다.

허나 어디 재능만으로 무학의 경지가 꽃피워지던가?

저 고얀 놈이 그래도 수련을 게을리하지 않은 것이다.

"영세철갑신이 비갑(碑甲)에 이른 것이냐?"

비갑은 영세철갑신의 단계 중 팔성(八成)의 경지를 일컫는 말이다.

"아닌데. 극광인데."

"그, 극광?"

극광(極光).

구성(九成)의 경지!

극성의 금강불괴를 불과 단 한 단계만 남겨 뒀다고?

대산을 떠나 있던 지난 육 년 동안 도대체 무슨 일이 있었길래 그런 경지가 가능한 건지?

자신의 권으로 단련(?)도 해 주지 못했는데 어떻게?

철웅패의 머릿속을 맴돌던 온갖 의문들이 곧 그의 입에서 터져 나왔다.

"용천타에 당하지 않고서 어떻게? 녹혈보도 없는 마당에? 더욱이 매일 먹던 웅혈(熊血)도 취하지 못했지 않느냐?"

장일룡이 후 하고 한숨을 내쉬었다.

"하…… 다 그 구타가 문제였다니까요? 대산을 나온 뒤로 그렇게 열심히 하지도 않았다고요. 그저 잘 자고 잘 쉬고 잘 먹고 하니 성취가 두 배는 빨라지더이다."

"음?"

용천타(龍天打)라 불리는 특유의 구타 수련법은 오랜 세월 검증된 영세철갑신의 가장 효율적인 수련법이다.

철웅패 자신도 그 옛날 사부에게 십 년이 넘도록 두들겨 맞았다.

그런데 그게 잘못된 수련법이었다고?

철웅패는 극도로 당황하고 있었다.

"아닌데? 그럴 리가 없는데?"

"거참."

장일룡이 자신의 웃통을 까며 극광의 상징, 광물처럼 번들

거리는 그 특유의 광체를 드러냈다.

"이래도 못 믿겠어요?"

틀림없는 극광의 발현이다.

그 현신을 직접 마주하니 믿지 않을 수도 없는 노릇.

장일룡이 건들거리며 다시 입을 열었다.

"사부님도 사조께 당한 거요."

사부의 용천타로 단련해 온 그 십 년의 고련이 모두 구라였다고?

가만 생각해 보니 자신의 사부는 충분히 그러고도 남을 사람이다.

녹림투존(綠林鬪尊)의 그 괴팍한 성정은 당시의 강호에서 유명했다.

"씨발 어쩐지 표정이 묘하더라니."

제자를 사랑하는 사부의 얼굴이 그렇게 희열로 번들거릴 리 있겠는가.

오랜 비밀의 실체를 깨달은 철웅패의 두 눈이 악귀처럼 변해 있었다.

그런 신색을 곧 급하게 지워 내는 철웅패.

"험험. 어쨌든 대산으로 돌아가자. 이것도 다시 입고 이놈아."

툭.

자신의 발밑에 떨어진 녹의(綠衣).

장일룡은 그 지긋지긋한 녹혈보를 절대로 다시 입고 싶지 않았다.

"싫다고요!"

"이놈이!"

이를 가만히 지켜보던 창천검협 남궁수가 조심스럽게 끼어들었다.

"모로 가도 극의(極意)에 이르기만 하면 되는 것을…… 그대의 제자는 충분히 한 사람의 무인으로 성장했네. 무어가 그리 급하단 말인가."

"흥! 남의 집안일에 끼어들지 마라!"

남궁수가 흐뭇한 얼굴로 장일룡을 바라보았다.

"외인(外人)이라…… 글쎄? 그는 이미 본가의 외원 순찰조 조장을 맡고 있는 당당한 남궁의 무인이라네. 내가 어찌 남궁의 처마 아래 있는 자를 외인이라 부를 수 있단 말인가?"

"헛소리! 이놈은 본 왕의 제자다! 장차 십만 녹림도를 이끌 소왕(小王)이란 말이다!"

"갈(喝)!"

어느덧 푸른 서기로 물든 남궁수의 두 눈이 강렬한 기운을 내뿜었다.

그의 가득 노한 음성이 곧바로 철웅패에게 향했다.

"세력의 종주라는 자가 어찌 그리 경박한가! 물론 천륜(天倫)으로 맺어진 사제지연을 부정할 수는 없는 터! 허나 사부된 자로서 제자를 소유물로 여기는 그런 태도는 반드시 지양

해야 하네!"

"뭐, 뭣이!"

"천하에 당당히 세운 대장부의 의지를 왜 그리도 무참히 짓밟으려 드는가? 제자가 바라는 간절한 지향은 사부가 지켜 줘야 함이 마땅하지 않은가? 누구에게나 한 번뿐인 삶이네! 스스로의 욕심 때문에 제자의 삶을 외면하려 들지 말게나!"

그런 남궁수의 일갈은 장일룡에게는 너무나도 커다란 울림이었다.

사부라는 자보다 오히려 자신의 마음을 더욱 알아주고 또 대변해 주고 있는 것이 저 정파인(正派人)이다.

평소 장일룡은 그저 막연하게 정파인이 되고 싶다고 생각해 왔다.

허나 이제는 확실히 알게 됐다. 자신의 이상향이 틀림없는 정도(正道)를 향해 있다는 것을.

창천검협 남궁수의 노기가 또다시 이어졌다.

"이제 자네는 들어가게."

"예……?"

남궁수가 멍하니 서 있는 장일룡에게 다시 말했다.

"이자는 감히 흑천련의 무리들과 연합하여 칠천의 병력으로 내게 발톱을 세운바, 제자의 앞이라 살초를 자제했건만 이제 보니 그럴 가치도 없는 자가 아닌가."

장일룡의 가슴이 두근거린다.

지금까지 자신이 만났던 대산(大山)과 사파의 고수들은, 아무리 위계와 직책이 높다고 해도 자신과 똑같은 '사람'이었다.

친구에게 뒤통수를 맞으면 화를 냈고, 여인을 탐하는 진득한 마음도, 권력과 재물을 향한 집착도 일반인들과 별반 다르게 없었다.

한데 눈앞의 창천검협, 남궁수는 달랐다.

몸짓이나 기도, 언변과 무위 그 모든 전반에 정도(正道)를 걷는 자로서의 철학과 신념이 느껴졌다.

칠무좌의 권위, 그 품위는 또 어떠한가?

사람이 사람에게 갖는 감정은 여러 가지가 있겠지만, 오늘 장일룡은 처음으로 한 인간을 향해 '존경'의 마음을 품게 되었다.

저 창천검협처럼 살고 싶었다.

강호를 위진하는 저 막강한 무위(武威)도, 그의 중심에 흔들림 없이 자리 잡고 있는 올곧은 신념(信念)도, 저 제왕의 기도와 품위도!

그런 그의 모든 것을 닮고 싶었다.

이제야 왜 사도(邪道)의 문파들이 역사가 짧은지 깨닫게 된다.

오로지 권력과 이익으로만 뭉친 사람들.

그들의 마음속에는 오직 이(利)만 존재할 뿐, 면면부절 이어져 온 명가(名家)의 품위와 전통이 없었다.

저런 품격 있는 자들이 문파의 어른, 기둥으로 존재한다면 그 휘하의 가솔이나 무인들의 충심은 어느 정도일까?

지금 자신도 이렇게 창천검협을 닮고 싶은 열정으로 들끓는데 말이다.

그저 꽉 막힌 사람처럼 보였던 남궁장호 형님이 이제는 부러웠다.

저런 아버지를, 저런 위대한 인간의 자식으로 살면 어떤 느낌일까?

남궁장호 형님은 이미 그런 환경 속에서 수신(修身)하고 또 수신하며 살아왔을 것이다.

장일룡이 한껏 진지해진 얼굴로 남궁수를 향해 예를 다해 포권했다.

"제자라는 놈이 어떻게 사부의 위기를 모른 척할 수 있겠습니까. 끝내 제 사부를 죽이시겠다면 저도 한 수 거들 수밖에 없습니다."

평소 장일룡의 익살스런 표정은 결코 보이지 않았다.

엄정하게 벼려진 기도, 곧은 눈빛.

천륜이니 사제지간이니 그런 강호의 시선 때문만은 아니었다.

아무리 대산에서 벗어나고 싶다 해도, 천둥벌거숭이처럼 뛰어놀던 자신을 거두어 주고 무인의 삶을 살게 해 준 자다.

그런 의리를 외면한다면 어찌 사내라 불릴 수 있겠는가.

"껄껄껄껄!"

창천검협 남궁수가 기다란 미염을 쓰다듬으며 호탕하게 웃었다. 그의 눈빛에는 어느새 따스한 기운이 가득했다.

남궁수가 천천히 시선을 옮기며 철웅패를 바라봤다.

"철웅패."

철웅패는 미동도 하지 않은 채 묵묵히 듣고만 있었다.

"눈이 있다면 제자의 눈을 한번 바라보게."

정도(正道)란 협(俠)이다.

칼끝에 목이 걸려 그 목숨이 경각에 이를지라도, 끝끝내 불의에 맞설 수 있는 무인.

남궁수는 칠무좌를 앞에 두고도 감히 맞서겠다는 저 올곧은 기개가 기꺼웠다.

그런 신념이 느껴지는 장일룡의 강렬한 눈빛은 마치 푸르른 창천 같았다.

"그는 이미 훌륭한 남궁(南宮)이네. 자네 품에서 벗어났으이."

철웅패의 얼굴에 온갖 감정이 떠오르고 얽히다, 끝내는 허허로운 표정이 되고 말았다.

"……고얀 놈."

철웅패가 그 말을 끝으로 휙 하니 몸을 돌려 길을 되돌아갔다.

멀어져 가는 사부의 등을 멍하니 쳐다보는 장일룡에게로 남궁수의 시선이 다시 파고들었다.

"후회하지 않겠느냐?"

장일룡을 대하는 그의 말투가 어느덧 제자를 대하듯 부드러워져 있었다.

"예."

멀어지는 사부에게로 천천히 절을 하는 장일룡.

그런 그의 울음기 가득한 얼굴이 왜 이리도 흐뭇한지.

그래도 남궁수는, 그가 살아가는 곳이 강호(江湖)라는 것을 확실히 일깨워 주었다.

"무(武)를 업으로 하는 강호인은 숙명적으로 은원(恩怨)을 쌓게 된다. 저자는 감히 본가에게 칼날을 세운 자. 비록 지금은 너를 보아 보내 주지만 다음은 반드시 벌할 것이다. 너는 이 모든 것을 진정으로 감내할 수 있겠느냐?"

장일룡이 흔들림 없는 눈으로 고개를 끄덕였다.

"예."

그의 확고한 다짐 앞에 또다시 기꺼운 얼굴이 된 남궁수.

허나 남궁수는 금세 그런 기색을 지우고 엄정한 기도로 되돌아왔다.

"조 봉공은 어디에 있나?"

◆ ◈ ◆

창천검협 남궁수가 각자 임무를 마치고 돌아온 남궁장호와 제갈운을 끌고 객방에 들어간 지 벌써 두 시진째.

간간이 들려오는 꾸짖는 소리, 그 살 떨리는 고성에 염상록은 혀를 내둘렀다.

"와 씨 겁나 깨지는구만."

진가희의 괴이쩍은 얼굴이 장일룡을 향했다.

"그냥 몇 대 맞는 것이 더 낫지 않아요? 아주 그냥 피를 말리네."

꼭 자신도 함께 꾸지람을 듣는 것 같아 장일룡의 가슴도 한껏 무거웠다.

"니미 사고 친 사람은 따로 있는데 왜 우리만……."

창천검협을 존경하는 마음이 조금씩 잦아든다.

했던 말 또 하고 했던 말 또 하고…….

이제는 다음에 나올 대사가 예상될 지경.

정파의 어른들이 꼭 좋은 점만 있는 것은 아니구나 싶은 장일룡이다.

저런 게 정도명가의 훈계 방식(?)이라면 생각이 좀 달라진다.

진가희의 말대로 차라리 몇 대 처맞는 게 훨씬 낫다.

세속에 얽혀 사는 오대세가가 이러할진대, 지독한 법도로 유명한 소림사나 무당, 화산파는 어느 정도일까?

정신이 가루가 될 때까지 저것보다 더한 연설을 들어야 될 터.

그때, 객잔의 앞마당 쪽에서 소란스러운 소리가 들려왔다.

수많은 말들의 투레질 소리와 장정들의 와글와글한 목소리들.

장일룡은 굳이 쳐다보지 않아도 조가대상회의 상단 행렬

임을 확신했다.

"조휘 형님!"

이 사태를 해결할, 저 불쌍한 형님들을 구해 줄 사람은 조휘밖에 없었기에 장일룡의 발걸음은 재빨랐다.

쿵쿵쿵쿵!

계단을 타는 장일룡의 움직임은 그 육중한 몸과는 어울리지 않게 마치 다람쥐 같았다.

객잔 밖으로 나온 장일룡이 반가운 얼굴을 했다.

하늘 위로 솟아오른 조가대상회의 깃발 아래, 수십 대의 수레 운차들이 질서정연하게 도열하고 있었다.

여정에 지친 말들이 콧김을 내뿜으며 물을 마시고 있었고, 상회의 일꾼들은 분주히 움직이며 커다란 봇짐들을 내리고 있었다.

장일룡이 양손에 침을 퉤퉤 뱉더니 함께 나온 염상록과 진가희를 쳐다봤다.

"뭐 하슈? 빨리 움직이지 않고?"

장일룡이 다부진 근육을 꿈틀거리며 상단의 행렬에 다가가자, 염상록이 귀찮다는 듯한 표정을 했다.

"싯펄 내 팔자야."

흑천련의 흑살, 그 잔악무도한 소마겸이 상단의 짐꾼으로 전락하다니!

곧 커다란 봇짐 하나를 내리던 장일룡이 깃발을 들고 있는 조휘를 발견하고는 얼굴을 굳혔다.

"형님 좆 됐수. 빨리 이 층 객방으로 가 보슈."

조휘가 고개를 갸웃거렸다.

"왜요? 무슨 일이 생겼습니까?"

"가주께서 오셨수. 지금 형님들 두 시진째 박살 나는 중이우."

"……음."

조휘의 얼굴도 편하지는 않았다.

물론 남궁세가가 펄쩍 뛸 거라고 예상하지 못한 것은 아니었다.

한데 그 엉덩이 무거운 남궁세가의 가주가 손수 포양호에 찾아올 것이라고는 생각지도 못했다.

"점주에게 일러 말들을 넉넉히 먹이라고 해 주세요. 인원이 제법 돼서 아마 근처의 객잔 몇 개를 더 수소문해야 할 것 같은데."

"걱정 붙들어 매슈. 내가 다 처리하겠수."

"부탁 좀 드리겠습니다. 장 부장님."

장일룡의 깔끔한 일처리를 아는 조휘로서는 한결 마음이 놓였다.

그렇게 조휘가 객잔의 주렴을 걷고 들어서자마자 이 층 쪽에서 소란스러운 소리가 들려왔다.

-도대체 정신을 어디다 두고 다닌 게냐! 아무리 친우(親友)

라고 하나 불의를 저지른다면 뜯어말려야 함이 마땅하거늘!
소협은 왜 꿀 먹은 벙어리처럼 계속 서 있기만 하는가? 입이
있으면 말해 보게!

꼬장꼬장한 음성.

그 특유의 억양이 틀림없는 창천검협 남궁수다.

조휘가 가늘게 고개를 가로젓다 이 층으로 올라가 객방의
문을 열어젖혔다.

"그간 강녕하셨습니까 가주님?"

"조 봉공……?"

조휘는 뭐라고 남궁수의 입이 떨어지기도 전에 성큼 걸어
가 벽면에 걸려 있던 포양호의 지도를 회수했다.

이내 탁자 위에 활짝 펴진 지도.

"제가 아무리 생각해도 남궁세가의 분타(分舵)는 이곳만
한 데가 없을 것 같습니다."

"부, 분타?"

분타라는 것은 한 세력의 또 다른 거점이다.

지금까지 일개 '문파'나 '가문'이 분타를 연 적은 없었다.

무림맹이나 천마성과 같은 거대한 세력이 아니라면 엄두
도 못 내는 것.

한데, 조휘의 손가락이 가리키고 있는 곳을 보라.

포양호 상권의 가장 핵심이 되는 곳, 여일포(麗日浦)다.

남창대여일(南昌大麗日).

포양호 근방에 사는 사람들치고 여일포를 모르는 사람은
없었다.

포양호를 지나는 상선들의 모든 물류가 모이는 곳.

그만큼 엄청난 상권을 자랑하는 곳으로, 남창대여일이라
는 유명한 말처럼 여일포가 즉 남창이라고 해도 과언이 아니
었다.

그런 엄청난 상권의 중심에 남궁세가의 분타를?

그게 가능하다면 남궁세가의 입장에서는 엄청난 이익이었다.

한데, 남창이 어딘가?

흑천련 세력권의 한복판이지 않은가?

그런 남궁수의 걱정을 읽었는지 조휘가 재빨리 품에서 계
약서를 꺼냈다.

"이것이 조가대상회와 흑천련이 맺은 계약 내용입니다. 함
께 읽어 보시죠."

"아, 알겠네."

홀린 듯이 계약서를 읽어 내려가는 남궁수.

계약서를 살펴보는 그의 얼굴이 점점 경악의 빛을 띤다.

"조가대상회와 남궁세가가 한 몸이라는 것을 모르는 사람
은 없습니다. 그걸 저희도 이용하고 가주님께서도 이용하는
겁니다. 일단 세가의 무사들부터 보내 주시죠. 저희 상회의
상단으로 위장하는 겁니다."

이 무슨 개소린가 싶어 두 눈만 껌뻑이고 있는 남궁수.

"아, 아니 이보게 조 봉공⋯⋯."

조휘가 재빨리 남궁수의 말을 끊었다.

"처음은 원래 그렇게 은근슬쩍 시작하는 겁니다. 기호지세(騎虎之勢) 모르세요? 이왕 이렇게 된 거 저와 함께 강서를 먹어 버리죠."

강서를 먹어?

무림맹도 건드리지 못한 흑천련의 영역, 그 노른자 땅을 일개 상회와 가문이 먹자고?

조휘가 가장 핵심적인 계약 조항 몇몇을 읊기 시작했다.

"상업 활동이라면 그 어떤 흑천련의 간섭도 받지 않겠다는 조항을 보셨습니까? 조가대상회의 간판만 달면 만사형통이란 뜻입니다. 제가 어려울 때 세가에서 창천검패를 내줬듯이 이제는 제가 은혜를 갚겠다는 겁니다."

조휘가 두 팔을 벌려 탁자 위를 짚더니 끈덕지게 남궁수를 쳐다본다.

"이제 제가 조가대상회의 이름을 빌려 드리죠."

"⋯⋯그 무슨!"

조휘가 또다시 남궁수의 말을 자르며 품에서 서류를 꺼내 들었다.

"자자, 지난 이 개월 동안 조가대상회가 매입한 땅의 규모를 보세요. 자그마치 육백이십만 평입니다. 저는 이 땅 중에서 사분지 일을 샀던 값 그대로 가주님께 넘길 생각입니다."

"보, 본 세가에 그 많은 땅을?"

세가의 가주란 기본적으로 '경영'하는 자리다.

육백이십만 평의 어마어마한 규모.

그것도 묵은 땅이 아니라 노른자 같은 포양호 상권의 땅이다.

그런 엄청난 상권의 땅을 사분지 일이나 떼어 준다니 당연
히 눈이 돌아갈 수밖에 없다.

"뭘 망설이십니까? 남궁세가의 간판만 달지 않으면 될 일
입니다. 움직일 자들도 모조리 세가의 방계로 알아보셔야 할
겁니다. 혹천련에 발각되면 저도 힘들어지니까요."

"……."

조휘가 별안간 역정을 낸다.

"아니, 칠무좌씩이나 되는 분께서 뭘 그렇게 앞뒤를 재는
겁니까. 당장 남궁의 상단과 표국만 여일포에 들어온다고 생
각해 보십쇼. 아마 합비의 사업장 전체가 벌어들이는 수익보
다 더 많이 벌 겁니다. 상권 자체가 다르다니까요?"

묘하게 설득당하고 있는 남궁수.

"게다가 혹천련 저 새끼들 이미 제게 혼쭐이 난 상황이라
당분간 함부로 저희들에게 접근 못 합니다. 저 머리 나쁜 놈
들의 대책이라고 해 봤자 기껏 창고를 옮기는 게 다겠죠. 그
전까지는 시간이 있습니다. 서둘러야 해요."

드디어 남궁수가 호기심을 드러낸다.

"세가의 무인들부터 들여보낸다면 어떤 자들을?"

"얼굴이 알려진 대주, 부대주, 단주, 부단주급은 다 안 됩니다. 강호에 이름나지 않은 자들로 부탁드리겠습니다. 일단 저희에게 시급한 것은 첩보력. 심지가 굳고 참을성이 많은 자들로 차출해 보내 주시면 제가 알아서 지도, 배치하겠습니다."

"알겠네. 그리하도록 하지."

조휘가 진지하게 다시 말했다.

"일만 잘 해결되면 남궁세가 역시 이 포양호에서 일 년에 금화 십만 냥쯤은 능히 가져갈 수 있을 겁니다."

"시, 십만 냥!"

언젠가부터 이 광경을 지켜보고 있던 장일룡이 허탈한 얼굴을 하고 있었다.

아아, 나의 정파여!

22章.

한설현이 운차에서 내리자 객잔 앞의 분주함이 잦아들었다.

쫙 달라붙는 흑의무복.

여인의 굴곡이 완연하게 드러난 그녀의 자태에 모두 넋이 나가 버린 것이다.

하지만 두 눈 아래를 모두 가리고 있는 면사를 발견하고는 하나같이 장탄식을 하며 아쉬워했다.

이미 조가대상회 내에서 한씨 남매, 그중에서도 한설현의 미색은 유명했다.

누구나 각자 미의 취향이란 것이 있을 테지만, 한설현은 그 모든 주관성을 무시할 정도의 미모를 지니고 있었다.

본 적은 없어도 천하제일미라는 사마세가의 사마천혜(司馬天慧)와 비교해도 절대 꿀리지 않을 것이라며 입을 모아 예측할 정도.

한설현은 사람들의 시선을 느끼는 것이 이미 익숙한 듯 그저 차가운 눈으로 객잔을 향해 걸어가고 있었다.

그때였다.

휘리리리리릭!

어디선가 거대한 사슬낫이 전광석화처럼 쇄도해 오더니 그녀의 면사를 잘라 버렸다.

한설현으로서는 미처 반응할 새도 없었던 극쾌(極快).

잘라진 면사의 깨끗한 단면을 확인한 한설현이 창백한 얼굴을 했다.

얼굴과 면사와의 거리는 불과 반치(半錙 1.5cm).

육중한 쇄겸으로 이런 정밀한 한 수가 가능하다는 것은 상대가 보통의 고수가 아니라는 뜻을 의미했다.

"호오!"

어느새 회수한 쇄겸을 어깨에 메고, 새하얀 이와 함께 욕망을 드러내는 자.

희끗한 염소수염의 중년인을 알아본 저잣거리의 몇몇 사람들이 비명을 지르며 사방으로 도망쳤다.

"마겸왕이다!"

"노독물!"

강서의 지배자인 흑천련.

그 무시무시한 흑천련의 고수들 중에서 가장 강하다는 여덟 무인.

흑천팔왕.

그중 하나가 이곳에 나타난 것이다.

마겸왕(魔鎌王) 막여소(莫呂笑).

살육의 제왕이라 불리는 노독물.

그 살벌한 흑천련의 고수들 중에서도 잔인하기로는 가장 으뜸인 자다.

그런 마겸왕이 한설현을 향해 진득한 욕망을 드러내고 있었다.

"그야말로 미친 우물(尤物)이로다! 본 왕의 일생에 이런 절색의 미인은 처음이다!"

마겸왕의 번들거리는 두 눈이 끈덕지게 자신의 위아래를 살피자 한설현은 마치 뱀이 지나가는 듯한 소름을 느꼈다.

그때, 끓는 듯한 목소리가 인상적인 중년인이 마겸왕의 뒤편에서 나타났다.

"클클…… 진정 대단한 미인이로군."

엄청난 장신의 중년인.

채찍을 요대처럼 허리에 둘둘 말고 있는 그 중년 사내의 얼굴은 얼음장처럼 냉혹하고 잔인했다.

"세상에! 살왕까지!"

저잣거리의 한편에서 들려온 비명 섞인 외침.

독편살왕(毒鞭殺王) 아극(阿克).

이자 역시 흑천팔왕의 일인이다.

잔인하기로는 둘째가라면 서러운 자다.

흑천련에서 가장 유명한 노살귀(老殺鬼)들 둘을 한 자리에서 보는 것은 실로 대사건이었다.

"제자 놈들을 만나러 왔다가 그야말로 횡재로군. 아이야. 내 친히 규방(閨房)을 내줄 터이니 본 왕의 첩이 되거라."

그런 독편살왕의 말에 마겸왕이 안면을 꿈틀거렸다.

"이미 팔첩(八妾)을 거느리고 있는 놈이 욕심이 많구나! 이번에야말로 본 왕에게 양보하거라!"

"미친놈. 네놈은 여인을 가까이해서는 안 된다. 저 귀한 우물을 또 목 졸라 죽일 것 아니냐?"

마겸왕은 독특한 취향을 지닌 자다.

시간(屍姦).

쾌락이 절정에 이를 때 여인을 목 졸라 죽이고는 시체를 간음하는 변태 성욕자.

마겸왕의 독특한 취향, 그 악행은 이미 포양호 바닥에 자자했다.

바로 눈앞에서 늙은이들의 살 떨리는 대화를 고스란히 들을 수밖에 없었던 한설현으로서는 경악할 노릇이었다.

입가의 침을 훔치던 마겸왕이 사슬낫을 마저 갈무리하고

한설현에게 다가가자.

"가, 가까이 오지 마요!"

부우우웅!

한설현의 쌍장에 맺힌 새하얀 한기를 확인한 마겸왕이 주춤 멈추었다.

"빙공(氷功)?"

중원에 빙공을 익힌 집단은 극소수다.

현 천마성의 전신이었던 암흑마교.

그들의 호법마공인 구음마경(九陰魔經) 이후, 단 한 번도 강호에 출현하지 않았던 것이 빙공이다.

허나 그 옛날 암흑마교는 검신(劍神)에 의해 멸절되어 사라졌다.

"혹시 네년은 북해에서 온 것이냐?"

한설현의 얼굴이 더욱 희게 변했다.

"호오? 간덩이가 배 밖으로 나온 년이로구나! 감히 북해의 떨거지들이 벌건 대낮에 중원 한복판에 나타나다니. 낄낄!"

그 처절했던 새외대전(塞外大戰)의 여파는 아직도 강호에 남아 있었다.

만약 이곳이 정파의 영역이었다면 한설현은 무림맹에 끌려가도 할 말이 없었다.

"걱정 마라. 강호라 해도 다 같은 강호는 아니지. 이곳은 사파의 영역. 내 친히 첩실로 너를 보호해 줄 것이다."

"미친놈인가?"

객잔의 주렴을 걷으며 무표정한 얼굴로 뚜벅뚜벅 걸어 나오는 조휘.

한설현의 표정이 밝아졌다가 금세 다시 얼굴을 굳혔다. 그녀로서도 순간적이나마 왜 반가운 마음이 들었는지 당혹스러웠다.

"아니, 한 소저께서는 엄연히 우리 조가대상회의 과장님이신데 뭔 첩실이니 개소리를 하는 거지? 그건 직장인에게 실례되는 말이라고."

마겸왕은 다른 조휘의 말은 모두 들리지 않았다.

오직 귀에 꽂히는 한 단어, '개소리'.

"미친놈인가?"

"반사 이 새끼야. 왜 따라 하나?"

"설마 본 왕을 모르는 것이냐?"

세 살 먹은 아이도 팔왕의 이름만 들어도 울음을 뚝 그치는 마당.

포양호를 살아가는 자가 혹천련의 팔왕(八王)을 모른다는 것은 말이 안 된다.

조휘가 품에서 장부를 꺼내 휙휙 넘기며 살피더니 입을 열었다.

"잘 아는데? 커다란 쇄겸에 염소수염. 딱 마겸왕이네."

"아는데도?"

"아는데 뭐?"

사람이 너무 황당해지면 어안이 막힌다.

지금까지 포양호를 지나다니면서 이런 일는 처음 겪는 마겸왕.

당천포에서 수하들과 대기하며 지낸 시간은 고작 두 달이다.

설마 그 두 달 만에 팔왕의 명성이 사라지기라도 했단 말인가?

한데 미친놈의 입에서 더욱 미친 소리가 흘러나왔다.

"보아하니 당신은 당천포에서 왔군. 그러니 일이 어떻게 돌아가는지 까맣게 모르는 거지. 감히 조가대상회가 행사하는 곳에 와서 깽판을 놔?"

"다, 당천포를 어떻게?"

련의 극비를 이 사람 많은 저잣거리에서 아무렇지도 않게 언급하다니!

조휘가 퉁명스럽게 흑천련주의 직인이 선명한 계약서를 들이밀었다.

"됐고. 흑천련주의 직인을 몰라보진 않겠지? 여기는 조가대상회가 행사하는 자리다. 흑천련은 조가대상회의 이름으로 행사하는 모든 일에 훼방 놓을 수가 없다. 감히 흑천련주의 명을 거역할 셈인가?"

"……조가대상회?"

아직 마겸왕은 련의 제반사를 보고받지 못했다.

그렇지 않아도 련의 황당한 철수 명령에, 여독을 풀자마자 어떻게 된 일인지 제자를 불러 알아보려 했었다.

단지 그 제자가 이곳에 묵고 있다길래 와 봤을 뿐.

흑천팔왕이 흑천련주의 직인과 그 특유의 필체를 알아보지 못할 리가 없었다. 저 서찰은 틀림없이 련주의 권위가 가득 담긴 계약서였다.

한데 말이 안 된다.

대흑천련이 일개 상단에게 불가침을 약속하다니!

련주의 직인도 필체도 확실했지만, 계약서의 내용 자체를 믿을 수가 없었다.

그때, 마겸왕의 뒤편에 서 있던 독편살왕이 앞으로 나와 조휘의 계약서를 자세히 살폈다.

금방 인상이 찌푸려지는 독편살왕.

"……노망에 드셨나?"

도저히 믿을 수 없는 내용.

포양호 주변의 련의 노른자 땅을 모두 무상으로 내주고 불가침까지 약속했다?

"뭔가 수작질을 부린 것이 틀림없군."

요대처럼 독편살왕의 허리를 감싸고 있던 채찍이 스르르 풀리기 시작했다.

채찍에 강맹한 진기가 주입되기 시작하자.

"팔왕씩이나 되는 놈들이 지들 주인의 직인도 못 알아보나? 아니면 그냥 모른 척하는 건가?"

조휘가 여전히 퉁명한 얼굴로 계약서를 접어 품에 갈무리했다.

"판단 잘해야 될걸? 이 계약을 깬다면 아마 당신들 목이 달아나게 될 거야."

"미친 새끼!"

쐐애애애애액!

독편살왕의 얼굴에 의혹이 떠올랐다.

자신의 독편이 허공을 가른 것이다.

'눈이 침침했나?'

두 눈을 껌뻑이며 잠시 시력을 가다듬는 독편살왕.

그도 그럴 것이 이 가까운 거리에서 펼친 자신의 사독칠절편이 빗나가리라고는 전혀 상상할 수 없었기 때문이다.

그저 눈이 침침해 허공을 가른 것 이 틀림없었다.

쐐애애애애액!

'음?'

순간, 독편살왕은 자신의 공격이 무위에 그친 것이 우연이 아님을 즉각적으로 깨달았다.

한 번은 몰라도 두 번의 무위는 결코 우연이 아니다.

'……설마 이형환위? 느끼지도 못했는데?'

어떻게 이런 일이?

화경의 중(中)에 이른 자신의 공격이다.

비록 초식이 아니라 추(錘)의 수법으로 가볍게 펼친 한 수였

287

다 해도, 자신의 눈을 속여 가며 피할 수 있는 수법은 아니었다.

사실, 조휘가 펼친 것은 이형환위가 아닌 남궁세가의 천풍보 제사식 뇌전풍이었다.

단지 극성으로 펼쳤기에 잔상조차 생기지 않아 처음부터 그 자리에 없었던 것처럼 보일 뿐.

그때 또 다른 파공음이 들려왔다.

쎄에에에엑!

엄청난 속도로 날아오는 탓에 소리가 마치 귀곡성 같았다.

거대한 사슬낫이 그대로 조휘를 종(縱)으로 베어 간다.

츠캉!

그대로 돌바닥을 깨부수며 지면에 박혀 버린 사슬낫!

화경에 이른 고수의 공격을 세 번이나 피했다?

그것도 눈에 보이지도 않는 보법으로?

그제야 두 왕(王)의 눈빛들이 일변했다.

"고수다!"

두 화경의 고수가 드디어 진신실력을 모두 드러내기 시작한다.

살을 에는 듯한 살기, 그 잔악무도한 기도가 사위를 삼키자 조가대상회의 일꾼들이 모두 객잔의 좌우 담장 뒤로 바삐 몸을 숨겼다.

조휘가 후 하고 한숨을 내쉬었다.

장일룡의 사부도 왔다 갔다 들었다.

객잔의 이 층에는 창천검협 남궁수가 와 있다.

하다못해 이제는 사파의 두 연놈들의 사부까지 와서 또 지랄이다.

뭔 학부모 모임인가?

앞으로 갈 길이 구만리인데, 자꾸 사나운 일진만 겹치니 짜증이 이만저만이 아니었다.

그렇다고 여기서 본신의 무위를 드러내선 곤란하다.

겨우 창천검협에게 어그로를 다 끌어 놨는데, 절대경의 경지를 드러내 버리면 모든 일이 허사가 된다.

조가대상회는 최대한 이목을 끌지 않는 것이 좋았다.

'후…… 어떻게 하지?'

아직 무혼(武魂)을 드러내진 않았다.

세 번의 공격을 피한 것이 그저 우연인지 진짜로 화경 이상의 고수인지 저들도 아리송할 것이다.

새파랗게 젊은 놈이 흑천팔왕이라 불리는 자신들보다 높은 경지라는 것을 쉽게 받아들일 수가 있겠는가?

조휘는 일단 최대한 대화로 시간을 끌어 볼 심산이었다.

"거참, 하여간 사파 새끼들 아니랄까 봐 다짜고짜 죽이려 드네. 일단 말로 하자고."

조휘는 그렇게 말하면서도 은밀히 기감을 동원해 사방을 살피고 있었다.

흑천련의 세작이 분명히 이 근방에 있을 것이다. 그렇게 난리를 피워 놨는데 조가대상회의 일거수일투족이 궁금하지 않은 것이 오히려 이상할 터.

마겸왕이 여전히 긴장을 풀지 않은 얼굴로 물었다.

"넌 애새끼가 왜 그렇게 말이 짧은 것이냐?"

조휘가 피식 웃었다.

"정(正)과 사(邪) 간에 항렬이니 배분이니 따지려고? 그전에 사파 새끼들한테도 예(禮)란 게 있긴 한 건가?"

"낄낄! 이거 정말 미친놈이네?"

독편살왕이 채찍을 기다랗게 늘어뜨리며 끼어들었다.

"한낱 상단이 정파를 자처한다? 어디의 휘하냐?"

조휘가 퉁명스럽게 품에서 하나의 패를 꺼내 내밀었다.

"잘들 보시라고."

특유의 검모양 패(牌).

선연히 양각된 창천(蒼天)이라는 글씨.

강호인을 자처하는 자가 저 유명한 창천검패를 알아보지 못할 리가 없다.

"검족?"

"홍! 안휘검족의 끄나풀이었군!"

안휘검족(安徽劍族).

사파 측에서 남궁세가를 얕잡아 부르는 말이다.

그때.

"갈!"

노성을 터뜨리며 객잔의 주렴을 걷고 나오는 창천검협 남궁수.

조휘는 그런 남궁수를 어이가 없다는 듯한 얼굴로 쳐다봤다.

"아니 나오면 안 된다고 했잖습니까!"

이미 창천검협의 무위가 포양호 한복판에 드러난 마당이었다.

얼마나 더 흑천련을 자극해야 속이 시원하단 말인가!

남궁수가 예의 노성을 또다시 내질렀다.

"조 봉공! 도대체 그 창천검패를 얼마나 더 써먹을 참인가! 본신의 무위가 그리도 뛰어나거늘 어찌하여 남궁의 그늘에 숨으려고만 한단 말인가!"

조휘가 지끈거리는 미간을 매만지다 먼 산을 쳐다보며 허탈한 얼굴을 했다.

"에라이."

이젠 틀렸다.

순간.

조휘의 두 눈이 눈부신 백안(白眼)으로 화했다.

천검류(天劒流).

천하절대검령(天下絶大劒靈).

사방 백 장을 절대의 검령, 그 극한의 의념으로 가둔다.

시전자 외에는 모든 물리학적 동력을 분쇄하는 위대한 검신의 독문무공.

그렇게, 백 장 이내의 모든 사람들이 의문이 가득한 얼굴로 스르르 허물어졌다.

바로 곁에 있던 창천검협 남궁수조차 쓰러지지 않기 위해 필사적으로 비틀거리고 있었다.

위대한 검신의 전설이 수백 년을 격하고 다시금 강호에 재현된 것이다.

무학에는 엄연히 상리(常理)라는 것이 있다.

이를 자연에 빗댄다면.

물이 반드시 아래로 떨어지는 것이나 겨울을 지나면 완연한 봄이 찾아오는 것처럼, 결코 어떤 틀을 벗어날 수 없는 절대성, 그 내제된 법칙을 의미할 터.

하지만 지금 이것을 도대체 어떻게 받아들여야 하나.

분명 내공은 원활히 돌아갔다.

육체의 의지도 일으킬 수 있었다.

한데 조금이라도 움직이려는 순간 귀신같이 '뭔가'가 개입해 모든 힘이 잦아든다.

그야말로 기절초풍할 노릇.

과연 이런 것이 무공의 범주에 들 수 있단 말인가?

병신처럼 사지를 땅바닥에 붙인 채 그저 눈알만 이리저리 굴리고 있는 마겸왕.

문득 그의 시선이 조휘의 등에 닿는다.

'뭐 이런 미친놈이……?'

아니 이게 무슨 무공이란 말인가?

정신이라도 혼미하다면 괴이쩍은 사술(邪術)이라 의심이라도 해 볼 텐데 정신은 오히려 서 있을 때보다 더 말짱했다.

내부를 굽이쳐 흐르는 강맹한 마화진력공(魔火眞力功)도 그대로였고, 전신을 휘감아 도는 활력도 아무런 이상이 없었다.

그런데 움직일 수가 없다.

육십 평생 풍진강호를 주유해 온 강호의 노고수인 자신에게도, 이런 괴이한 무공은 듣지도 보지도 못한 것이었다.

도대체 어떤 수법을 썼기에 화경에 이른 무인을 이토록 허망하게 만들 수 있단 말인가?

한편, 희다 못해 투명하리만치 빛나는 조휘의 백안이 연신 사위를 살피고 있었다.

분명히 흑천련의 세작이 있을 것이다. 지금 이 자리에서 찾지 못한다면 앞으로 더욱 귀찮은 일에 휘말리게 될 터.

천하절대검령(天下絶大劒靈).

조휘의 비기 중에서도 가장 최상위에 속하는 무공.

오직 검천전능지체를 이룩한 자만이 시전할 수 있는 것으로, 의념을 극한으로 일으켜 방원 백 장의 모든 물리학적인 동력에 개입하여 상쇄하는 무공이다.

지금 조휘의 백안(白眼).

그 지독한 흑백의 세계, 눈에 보이는 모든 물리학적 도식들을 하나하나 의념으로 비틀고 있었다.

이 무공은 소모되는 내공보다도 극한으로 구동되는 정신력, 그 의념의 고갈이 더욱 문제가 된다.

검신 어른의 말에 의하면, 절대경에 이른 무인이라 할지라도 결코 반각 이상 지속하지 말아야 한다고 했다.

만약 그 이상 지속한다면 뇌(腦)에 극도의 타격을 입어 평생을 백치로 살 수도 있다고 하였다.

조휘가 극성의 뇌전풍을 일으켰다.

그의 희끄무레한 신형이 드러났다 사라지기를 반복하며 백장 이내에 쓰러져 있는 모든 사람들의 목 뒤를 살피고 있었다.

흑천련에 소속된 무인이라면 반드시 목 뒤에 작은 전갈 문신이 새겨져 있다.

과연 조휘의 예측은 빗나가지 않았다.

저잣거리 곳곳에서 이 객잔을 지켜보던 흑천련의 세작들은 무려 열일곱 명.

상상 이상의 숫자에 조휘는 혀를 내두를 수밖에 없었다.

목덜미를 채인 채 객잔 앞으로 던져진 열일곱 흑천련의 세작들.

가판대 위에서 목에 핏대를 세우던 장사치부터 경극단원, 만담가, 점소이, 짐꾼, 마부, 쟁자수 등 그 면면과 행색도 다양했다.

한데 이채로운 것은 이들 모두에게 무공의 흔적이 느껴지지 않는다는 것이었다.

조휘가 여전히 세작들을 향해 서 있는 채로 입을 열었다.

두 왕들에게 백안을 보여서는 안 된다.

"아는 놈들이지?"

마겸왕이 조휘의 질문에 악에 받힌 듯 소리쳤다.

"간악한 놈! 감히 무형지독을 하독하다니! 개소리하지 말고 당장 해약을 내놔라!"

결국 마겸왕은 하나의 결론에 도달한 것이다.

하독(下毒).

이건 필시 무색무취의 극독, 그 전설의 무형지독이다.

그것이 아니고서야 이 모든 현상이 설명될 수가 없었다.

듣던 대로 전형적인 무형지독의 특징이었다.

처음에는 내공에 아무런 문제가 없다. 활력도 평소와 다르지 않았다.

하지만 그것도 모르고 계속 움직이거나 운기를 했다가는 결국 모든 공력이 흩어져 폐인이 되고 만다.

마겸왕 역시 내부를 휘감아 돌던 모든 내가기공을 일시적으로 폐쇄했다.

역시 노련한 사파의 노고수!

조휘의 표정이 찰나에 묘해졌다가 일순 돌아왔다.

원래 인간이란 나이를 먹으면 먹을수록 자신이 겪어 온 경험이 다양하면 다양할수록 생각이 굳을 수밖에 없었다.

저 사파의 노고수 꼰대들의 경험 속에는 '천검류'가 없다.

오히려 그들이 전설의 무형지독으로 여겨 주면 조휘로서

는 환영할 일이었다.

조휘가 여전히 차가운 얼굴로 품에서 생약(生藥) 두 개를 꺼내 어깨 너머로 던졌다.

늘 정무에 지쳐 있는 자신의 주인을 위해 이 총관이 어렵게 구한 활력진단(活力眞丹)이었다.

그 유명한 생사의문(生死醫門)의 활력진단은 매우 비싸게 유통되는 자양강장제로서 고관대작이 아니면 입에도 대지 못하는 약이었다.

조휘로서도 아까웠지만 일단 급한 대로 써먹을 수밖에 없었다.

바닥에 떨어진 해약(?)들을 마겸왕과 독편살왕이 묘하게 바라봤다.

해약을 달랬다고 곧바로 주는 경우는 또 평생 처음이었다.

조휘가 의미심장하게 웃었다.

"무형지독을 우습게 보는군. 그저 보름짜리 해약이다. 보름 후에 또다시 복용하지 못한다면 그 즉시 오장육부가 흘러내리고 절명하게 되지."

그제야 두 왕(王)들이 그럼 그렇지 하며 악독한 표정으로 되돌아왔다.

독을 하독하고 주기적으로 해약을 내주어 적을 길들이는 악당들의 전통적인 수법.

하지만 당장은 재고 자시고 할 수가 없다.

두 왕이 해약을 먹기 위해 필사적으로 몸을 비틀거렸다.

조휘가 의념을 느슨하게 풀어 주자 결국 그들은 기어가 해약을 꿀꺽 삼키는 데 성공했다.

조휘는 상황을 더욱 리얼하게 살리기 위해 그 순간 그 둘에게만 천하절대검령을 해제했다.

눈치를 살피며 천천히 자리에서 일어나는 두 왕.

마겸왕이 침중하게 입을 열었다.

"원하는 것이 무엇이오?"

그 위대한 팔왕이 곧바로 공대를 해 온다.

놀라운 태세 전환의 처세에 조휘는 내심 혀를 내둘렀다.

저런 지독한 처세가 있었기에 험악한 사파의 세계에서 팔왕이 될 수 있었을 터.

저 노련한 사파의 노고수들이 굴러먹던 세월을 절대 얕잡아 보면 안 된다.

"일단 저 세작들을 잡음 없이 처리하고 싶은데."

조휘의 말이 끝나기도 무섭게 마겸왕의 거대한 사슬낫이 그대로 세작들이 모여 있는 곳으로 짓쳐 들었다.

쐐애애애애액!

툭! 투툭!

순식간에 열일곱 명의 목을 따 버리고 되돌아간 사슬낫!

조휘는 극도로 당황해했다.

"아, 아니 이런 미친 새끼!"

순식간에 사람을 열일곱 명이나 죽이고도 그 흔한 감정의 동요 하나 없다.

과연 살육의 제왕이라더니 인간의 인성이 결여된 놈인가?

"이거보다 더 깔끔하게 처리할 수가 있소? 죽여서 뒤탈을 없앤다면 잡음이 있을 수가 없지."

그의 화끈한 돌직구에 조휘는 뭐라 반박하고 싶어도 입이 떨어지지 않았다. 그의 말이 맞았기 때문이다.

"일단은 흑천련으로 돌아가. 일이 생기면 알아서 기별하지. 해약도 제자들을 통해 보내겠다. 그리고 당분간 제자들 만날 생각도 하지 마. 허튼수작 부리면 해약은 없다."

"알겠소."

"그리하리다."

조휘의 말이 끝나기가 무섭게 전광석화처럼 장내에서 사라져 버린 두 왕(王).

조휘가 그제야 한숨을 내쉬며 천하절대검령의 술(術)을 풀었다.

백안에서 천천히 돌아오는 검은자위.

사람들이 서서히 꿈틀거리며 일어나더니 모두 비명을 질렀다.

꺄아악!

끄으으으!

불과 얼마 전까지만 해도 저잣거리에서 함께 살을 부대끼던 사람들이 열일곱이나 목이 잘린 채로 나뒹굴고 있었다. 그들의 놀람은 이만저만이 아니었다.

창천검협 남궁수의 눈빛이 분노로 이글거렸다.

"과연 천하의 악적들이로다. 무황께서는 저런 악랄한 자들을 징치하는 데 도대체 무얼 망설이고 계신단 말인가."

무황(武皇).

당대의 무림맹주를 높여 부르는 칭호다.

무당제일검 청운 진인(淸雲眞人).

화산의 자하검성과 더불어 천하제일을 논할 때 늘 함께 거론되는 인물이었다.

남궁수의 안타까운 얼굴과는 달리 조휘는 오히려 무덤덤한 얼굴이었다.

"흑천련의 세작(細作)을 결심한 이상 저들도 강호(江湖)라는 칼날 위에서 곡예를 하는 인생들이지요. 무인이 아닐지라도 강호인의 운명을 비껴갈 수는 없습니다."

남궁수가 그도 그렇다는 듯 천천히 고개를 끄덕였다.

"그래도 저들의 죽음은 조 봉공의 업(業)일세. 장사는 조 봉공께서 치러 주도록 하게."

조휘도 인정한다는 듯 고개를 끄덕였다.

"알겠습니다. 그리하지요."

창천검협 남궁수는 그제야 괴물 보듯 조휘를 응시하고 있었다.

"자네는 진정 사람이 맞는가?"

"예? 또 무슨 말씀을 하시려고."

"방금 자네의 무공 말일세."

"아……."

이제는 조휘에게 더 이상 놀랄 일이 없다고 생각했는데 그 것은 완벽한 착각이었다.

상승의 무공 이론에 의하면 세상만물의 조화, 그 중심에는 모든 흐름을 관장하는 결과 법칙이 존재했다.

이는 신(神)이 아닌 이상 사람이 읽을 수는 없는 것이었다.

이미 절대경에 올라 칠무좌라 불리는 자신조차 그저 희미 하게 느끼기만 할 뿐 그 실체에 접근조차 하지 못했던 것이다.

한데, 눈앞의 이 청년은 그 '결'을 알고 있었다.

조휘가 펼친 그 지독한 의념의 바다는 반드시 같은 절대경 의 눈으로만 느낄 수 있다.

모든 움직임(動)의 기조를 훼방하는 의념 공세.

그 비틀린 의념들은 '결'을 모르고서는 결코 펼칠 수 있는 것이 아니었다.

자신의 결을 파훼하며 들어오는 조휘의 그 비틀린 의념들 에 의해 얼마나 당황했던지.

세상의 법칙 속에 어떤 '결'이 있다는 것을 겨우나마 어렴 풋이 느끼고 있던 자신에게는 너무나도 큰 충격이었다.

그것도 절대경에 오른 지 십여 년이 지난 최근에서야 겨우

인식할 수 있었던 것.

더욱 소름이 돋는 것은 그 비틀린 의념이 어떤 특정 부위로만 향하는 것이 아니라 반경 백 장 내의 모든 결을 통제한다는 점이었다.

그 모든 광경을 실제로 보지 못했다면 미친 소리라 치부했을 터였다.

방원 백 장 이내의 '모든 결을 본다'는 자체로 이미 신의 영역이었다.

한데 수없이 많은 움직임(動)의 '결'에 초절하게 쪼갠 의념들을 일일이 보내며 비튼다?

그런 건 도무지 상상할 수도 없었다.

이런 걸 과연 무공이라 할 수 있단 말인가.

결국 창천검협 남궁수의 입에서 드디어 실없는 소리가 흘러나왔다.

"조 봉공, 혹시 자네 자연경에 들었나?"

자연경(自然境).

피류의 인간이 도달할 수 있는 가장 높은 경지.

천지만물과 물아일체(物我一體)가 되어 정(精)과 기(氣), 신(神)의 구분이 모호해지며, 나아가 천지교태의 권능으로 한낱 인간의 몸으로 자연의 위대한 숨결을 발휘할 수 있는 전설상의 성취.

그것이 아니라면 조휘가 발휘한 초절한 한 수를 설명할 길이 없었다.

강호의 긴긴 역사 이래 자연경에 이른 무인은 단 세 명.

지금 남궁수는 조휘를 그런 삼신(三神)들과 동일하게 보고 있는 것이다.

조휘는 그저 쓴웃음을 머금고 있었다.

자신의 몸에 검신 어른이 빙의했을 때, 궁극의 자연경 그 실체를 직접 목격한 자신이었다.

단 일 검에 그 광활한 화산을 지워 버릴 수 있었던 검신 어른의 무위. 지금의 자신과는 비교하기가 민망한 위대한 경지다.

"하하! 무슨 소리를 하시는 겁니까. 자연경이라니요. 제가 신(神)처럼 여겨지십니까?"

창천검협 남궁수는 더욱 혼란스런 얼굴을 하고 있었다.

하긴 말도 안 되는 상상이다.

조휘의 무위가 신에 이르렀다면 한눈에 그 실체를 알아봤을 터.

"그렇다면 방금 그 무공은 무어란 말인가? 분명 그것은 강호 무림의 역사 이래 단 한 번도 드러난 적이 없었던 종류였네."

그 말은 맞았다.

천하절대검령(天下絶大劍靈)은 자신이 아이디어를 내고 검신 어른께서 완성시켜 이름을 붙여 준 무공이었다.

검신 어른도 검천전능지체의 백안(白眼)을 과거에 이뤘지만, 그 특유의 물리학적 도식을 제대로 알아볼 순 없었다.

그 도식들은 오직 수학을 배운 현대인인 자신만이 올곧게 파악할 수 있었던 것.

때문에 모든 동운동의 벡터값, 그 식을 의념으로 파훼한다는 것은 검신 어른으로서도 당혹스러운 개념이었다.

조휘는 이제 더 이상 부정할 수가 없었다.

그 찬란한 유산들과 소중한 가르침을 이만큼이나 받고도 계속 숨기고 외면한다면 어찌 후손된 자라 할 수 있겠는가.

조휘는 엄숙한 표정으로 오연히 섰다.

그리고 자랑스럽게 말했다.

"검신(劒神) 조천(曹天). 제 사부님의 위대한 성명(聖名)입니다."

무림 역사상 가장 위대했던 세 명의 무인.

무신(武神). 마신(魔神). 검신(劒神).

무신이나 마신은 그 후예들이 현 강호에 존재했다.

무신의 사마세가(司馬世家).

마신의 천마성(天魔城).

신(神)들의 직계 후손이라 할 수 있는 이들은, 당대에도 대단한 명성과 세력을 구가하고 있었기에 강호인들의 경외와 찬사를 받았다.

하나 그런 삼신들 중에서도 항상 최강으로 거론되는 것이 검신이었지만, 기이하게도 강호에 남아 있는 그의 기록은 거의 없다시피 했다.

검(劒)의 신(神).

한 자루의 검만으로, 그 옛날 천마신교의 성세를 능가했다고 평가받던 암흑마교를 단 하루 만에 멸절해 버린 고금무적(古今無敵)의 신화.

강호라는 이름 아래 존재하는 모든 검수들의 꿈이자 종착역이요, 닿고 싶은 갈망이며 위대한 전설인 그 이름.

지금 조휘는 그런 위대한 검신을 자신의 사부라 칭하고 있는 것이었다.

"검신!"

남궁세가도 엄연히 검을 추앙하는 가문.

위대한 검의 조종, 검신을 향한 존경심은 창천검협 남궁수에게도 가슴 한가득 자리 잡고 있었다.

도무지 믿을 수 없다는 눈치의 남궁수.

"……그게 정말 사실인가?"

"예."

오연한 조휘의 얼굴.

검신의 위대한 검공을 사사(師事)한 자긍심이 그득하다.

"허면 그 천검류라는 것이?"

"맞습니다. 검신 어른의 독문검공입니다."

기이한 열망이 가득한 눈으로 남궁수가 천천히 고개를 끄덕인다.

천검류(天劒流).

하늘에 이른 검.

한때, 그 오만한 이름이 과하다고 생각했다.

하지만 검신의 검공이라면 완전히 생각이 달라졌다. 오히려 당연했다. 그라면 충분히 오만할 만하니까.

"검신 조천(曹天)이라……."

검신의 실명, 그 이름도 오늘 처음으로 듣는다. 한데 가만 보니 조휘와 같은 성(姓)이지 않은가?

"혹시? 조 봉공의 뿌리가?"

"예. 저희 가문의 선조이십니다."

"호오!"

단순히 검신의 후예가 아니라 그 가문의 후손이라!

남궁수는 정말로 기꺼웠다.

조휘가 진실로 검신의 직계 후손이라면 엄청난 정통성을 지니게 된다. 사마세가와 필적하는 명성을 지니게 되는 것이다.

"허허! 그 말이 틀림없다면 이는 정파 무림에 큰 홍복(洪福)이라네. 하루라도 빨리 이 사실을 맹(盟)에 알리고 그 후손임을 검증받게."

그러나 조휘는 마뜩치 않은 표정을 했다.

"그건 별로 내키지 않습니다."

"왜인가? 맹의 검증을 받아 정식으로 검신의 후손임을 증명한다면 세가(世家)를 열 수 있네. 무인들도 구름같이 몰려들 테지. 능히 정파 무림의 일익(一翼)을 담당할 기회 아닌가?"

조휘가 묘하게 웃었다.

"글쎄요. 제가 조씨세가(曹氏世家)를 열어 얻는 이득이 조가대상회보다 클까요?"

"아니 그건……."

무슨 돈이 전부인가?

강호에 세가를 연다는 것은, 가문의 명성과 역사를 천하에 널리 알리는 영예로운 행위다.

한데 조휘는 오직 돈을 좇고 있다. 남궁수는 그 점이 마음에 들지 않았다.

"나 역시 세가를 운영하는 입장에서 은자의 중요성을 모르지는 않네. 허나 세상의 가치가 어디 돈이 전부인가. 가문의 명예와 역사는……."

"아뇨. 돈이 전부입니다."

진실로 돈이 최고이더이다.

그 빌어먹을 돈 때문에 부모님들은 매일같이 전쟁을 벌였고, 그 빌어먹을 돈이 없어 어머니께서 제때 항암 치료를 받지 못해 돌아가셨지요.

방 한 칸 마련할 수 없는 무능한 놈이라 미래를 약속한 여자친구와 헤어졌고, 어디 가서 술 한 잔 살 수 없는 놈이라 친구들을 모두 잃었습니다.

제 별명이 뭐였던 줄 아십니까.

계산할 때만 신발 끈을 묶는다고 '신발 끈'이었습니다.

친한 친구들의 청첩장이 두려워 본 적이 있으십니까?

소주 한 병 살 수 없는 그 비참함을 아시는지요.

꽁초를 주워서 피우며 이게 도대체 무슨 짓인지 눈물이 나더이다.

막말로 이십 대에 결혼하는 친구들의 공통점은 하나였죠.

그래도 집이 중산층은 된다는 것.

최소 이삼천 보증금이라도 자식에게 융통해 줄 수 있는 부모 아래 있는 놈들만 결혼을 하더이다.

수천씩 학자금 대출이 쌓여 있는 우리네 인생에게 결혼?

웃기는 소리, 그전에 취업부터가 급선무지요.

우리 결혼 언제 해?

사랑하는 여자 친구의 애교 어린 질문을 농담으로 넘길 수밖에 없는 그 비루한 심정을 아시는지.

딩크족?

독신주의?

그거 다 가난을 숨기려는 포장지죠.

현대에서도 그랬었는데 이 험난한 강호에 그런 비참한 인생들이 없는 줄 아십니까.

강호를 대표하는 다섯 세가의 일원으로 살며, 금수저 중의 금수저인 당신이 돈의 소중함을 알 턱이 없지요.

돈이 한 인간을 얼마나 비참하게 만들며, 얼마나 괴물로 만드는지 당신은 죽어도 모를 겁니다.

적어도 내 공시생 생활은 그랬지요.

그다지 떠올리고 싶지 않은 과거가 생각나 음울한 얼굴을 하고 있는 조휘.

돈이 없어 인간임을 부정당하는 그 더러운 느낌을 결코 다시는 느끼기 싫었다.

무슨 사연이 있는 듯한 조휘의 반응에, 남궁수는 뭐라 말을 이을 수가 없었다.

그렇게 한참 동안 침중한 얼굴을 하던 남궁수가 다시 입을 열었다.

"조 봉공의 뜻이 그러하다면 어쩔 수 없는 노릇이지. 일단 망인(亡人)들부터 모시게."

조휘가 무심한 얼굴로 고개를 끄덕이자 남궁수가 발걸음을 옮겼다.

"내 조 봉공의 뜻대로 일단 세가로 돌아가겠네. 차출할 무인들이 정리되면 서신으로 소식을 전하겠네."

"알겠습니다."

◆ ◈ ◆

조휘가 객방에 들어서자 일행 모두 눈치만 보고 있었다.

이들도 천하절대검령의 백 장 안에 있었던 터.

무인이라면 그것이 조휘의 실력 행사라는 것을 모를 수가 없었다.

조휘는 합비에서 데려온 간부들을 한 명 한 명 차례대로 일행에게 소개했다.

어차피 지금부터 계속 부딪히며 함께 일할 사람들이다. 미리 친분을 다져 놓아서 나쁠 것이 없는 것이다.

"헉!"

"으악!"

문제는 진가희.

간부들에게 소개를 시키는 족족 기겁을 하며 도망가니 조휘로서는 성가시기가 이루 말할 수 없었다.

"너, 그 머리만이라도 좀 묶으면 안 되냐?"

기다랗게 늘어뜨린 저 머리칼부터가 문제다.

스타일이라도 좀 정상적으로 꾸미면 덜할 텐데, 굳이 저렇게 길게 늘어뜨려서 사람을 식겁하게 만들어야 하나?

그렇지 않아도 지독히도 창백한 얼굴에 눈빛마저 음산한 터라 조휘로서도 아무리 노력해도 적응이 되지 않았다.

간혹 흩날리는 머리칼 사이로 기이하고 음산한 눈알이 삐죽 튀어나올 때면 오금이 저릴 정도.

"당신…… 혹시 묶은 머리를 좋아하는 거야?"

가볍게 얼굴을 붉히는 진가희.

조휘는 온몸의 털이란 털은 모두 곤두섬을 느끼며 처절하게 도리질했다.

"아, 아니 그게 아니라 머리칼이 이리저리 부대끼면 불편하지 않냐는 소리다."

"전혀? 어릴 때부터 이 머리라서."

"……."

그때, 이 총관과 함께 한설현이 객방으로 들어왔다.

반쯤 잘린 면사 아래 드러난 월궁항아와 같은 얼굴.

마치 하늘이 빚은 듯한 그 미모에 모두 멍하니 입을 벌릴 뿐이었다.

"헐……!"

허파에 바람이 세는 듯한 장일룡의 감탄성.

"와 씨! 미친!"

믿기지가 않은 듯 연신 눈을 비비고 있는 염상록.

"험, 험험!"

괜스레 헛기침만 해 대고 있는 남궁장호와 부끄러운지 봉황금선으로 얼굴을 가리고 있는 제갈운.

이처럼 강호의 내로라하는 후기지수들에게도 한설현의 미모는 천상의 그것이었다.

도무지 사람처럼 느껴지지 않는 그 미모에 진가희조차 잔뜩 찌푸린 얼굴로 경계의 빛을 내비쳤다.

진가희가 곧바로 머리를 묶는다.

"이제 됐죠?"

조휘가 한결 나아진 그녀의 모습에 고개를 끄덕였다.

"좋아. 자, 이쪽은 북해에서 온 한설현 소저."

"……북해?"

"빙궁의 끄나풀?"

누가 정파의 후기지수 아니랄까 봐 남궁장호와 제갈운의 얼굴에는 하나같이 격앙된 감정이 떠올라 있었다.

조휘가 재빨리 정리에 나섰다.

"자자, 몇백 년이 지났는데 아직도 은원을 가집니까? 그리고 원래 직장에서는 사적인 감정을 접는 겁니다. 인사 안 하실 겁니까?"

그제야 남궁장호와 제갈운이 예를 표했다.

"음…… 남궁장호요."

"제갈운이에요."

"핫핫! 나는 장일룡이요! 만나서 참으로 반갑수다!"

녹림은 새외와 그다지 은원이 없다. 그리고 장일룡이라는 인간 자체가 원래 이리저리 재는 것을 싫어한다. 그저 가슴이 시키는 대로 사는 것이다.

괜히 가슴 근육을 거칠게 용트림하며 한껏 자신의 매력(?)을 발산하고 있는 장일룡.

한설현은 그런 장일룡을 제대로 바라보지도 못하고 얼굴을 붉혔다.

북해(北海)에서는 저렇게 몸을 드러내고 다니는 사람이 없었기에 사내의 흉측(?)한 몸을 보는 것은 이번이 처음이었다.

"자자, 다들 앉으시죠. 의자가 부족하니 알아서 양보들 좀 하시고요. 회의 시작하겠습니다."

조가대상회의 간부들이 각자 자리에 앉고 이어 소란이 잦아들자 조휘가 회탁 위에 포양호의 지도를 폈다.

"먼저, 가장 시급한 것은 조가대상회의 각 사업부를 이 포양호에 세우는 일입니다. 목이 좋은 후보지 몇몇을 골라 봤는데 여기 지도에 붉은 점으로 표시해 뒀습니다. 의견들 내 보시죠."

한 차례 지도를 살피던 이 총관이 고개를 모로 꺾었다.

"합비와는 그 배치가 완전히 다르군요. 이건 무엇을 고려한 동선이신지?"

당연히 합비와 다를 수밖에 없다.

합비의 모든 동선은 성도의 중심에 있는 대석빙고의 위치를 고려해서 짜여 있었다.

무겁고 깨지기 쉬운 얼음의 특성상, 최단 거리의 유통로를 확보해야만 했다. 더욱이 여름철에는 녹는 속도가 빨라져 일각일각이 소중했다.

하지만 걸어 다니는 대석빙고를 확보한 이상 그런 얼음길에 얽매일 필요가 없는 것이다.

얼음길에서 자유로워지니 장사 목이 좋은 곳이라면 어디든 객점을 배치할 수 있었다.

"포양호에서는 대석빙고(大石氷庫)가 필요 없기 때문이죠. 각 객점별로 소규모 빙고(氷庫)를 비치해 놓고 그때그때

한 소저께서 방문하여 얼음을 만들어 줄 겁니다."

"아!"

"오오!"

조휘의 설명에 하나같이 감탄을 했다.

대석빙고를 건설하고 관리 유지하는 데 드는 비용은 천문학적이었다. 거기에 운송하는 인력들의 품도 만만치 않았다.

그 엄청난 은자를 아낄 수 있다는 것은 모든 사업의 기회비용이 늘어난다는 소리다.

이미 포양호의 땅을 매입하는 데 막대한 비용이 소모된 것을 감안하면 듣던 중 반가운 소리였다.

이 총관의 얼굴에 한껏 화색이 돌았다.

"그야말로 막대한 비용을 아낄 수 있겠군요! 자금이 바닥나 여정 내내 걱정했었는데 참으로 잘된 일입니다!"

이 총관이 새삼스러운 눈으로 한설현을 쳐다보았다.

한 사람의 재주가 이토록 상회에 영향력을 끼칠 수 있다니 참으로 놀라웠다. 무공(武功)이라는 것에 새삼 경외심이 생긴다.

다시 바라본 포양호의 지도.

조휘의 설명을 듣고 나니 그제야 시야가 밝아졌다.

얼음길에서 자유로워지자 철저하게 목 위주로 배치되어 있었다.

각 저잣거리의 특성과 유동 인파의 규모.

각 포구로 이어진 최적의 동선, 적절한 간격까지.

조휘가 얼마나 고심하여 배치했는지 그 태가 역력히 드러나 있었다.

그럼에도 이 총관은 자신의 노련한 경험을 과시하는 것을 놓치지 않았다.

"여기 이곳은 적절하지 않은 것 같습니다."

이 총관이 가리킨 곳은 조가통운이 들어설 자리였다.

"조가통운이 들어설 곳은 역참(驛站)과 너무 가깝습니다. 이 동선을 고집한다면 백이면 백, 관(官)과의 마찰을 염두에 두셔야 할 겁니다."

역참을 관리하는 고관들의 가장 큰 뒷구멍 수입은 표국의 표물 대행이다.

제국의 역참을 사사로이 활용하는 것은 엄연한 불법이나 이는 역참의 현실을 모르고 하는 소리였다. 대부분의 역참은 대형 표국과 한 몸처럼 공생 관계였다.

자그마한 역참으로 발령받을 수만 있다면 관리들은 금자 수백 냥의 뇌물도 마다하지 않았다.

"시작부터 관과 마찰을 빚어서야 되겠습니까?"

"음……."

조휘는 한껏 아쉬운 기색.

저 동선을 포기하기는 쉽지 않은 결정이었다.

포구와 관도를 북과 남으로 잇고 있는 저런 목 좋은 자리는 쉽게 찾을 수 있는 것이 아니었다.

그때, 간헐적 천재(?)와 소제같이 동시에 입을 열었다.

"간단한 문제 같은데요?"

"거 뭘 그리 고민하시우?"

조휘는 장일룡의 의견이 더 궁금했다.

"해결책이 있습니까?"

장일룡이 퉁명스럽게 말했다.

"붉은 면적으로 표시된 부분이 우리가 전부 사들인 땅 아니우? 저 포구도 우리 거잖수."

"그래서요?"

"역참은 반드시 관도와 포구를 함께 껴야 하잖수. 이런저런 공사를 핑계로 저 포구를 한두 달만 막아 버리면 역참은 여기로 이동할 수밖에 없수."

"음?"

장일룡의 손가락이 훨씬 북쪽을 가리키고 있었다.

그곳도 관도와 포구가 연결된 지점이었다. 물론 상권을 한참이나 벗어난 곳.

그러나 역참의 기능을 수행하는 데는 상권에 그다지 영향을 받지 않았다.

"제갈 과장님의 의견은 뭡니까?"

조휘의 질문에도 제갈운은 대답 없이 장일룡만 쳐다보고 있었다.

"……당신 뭐야?"

천하의 소제갈이, 대산(大山)의 근육 사내에게 라이벌 의식을 느끼고 있었다.

이제 '제갈일룡'이라 불러야 되는 건가.

문득 조휘는 그런 생각이 들었다.

만약 장일룡이 정도명가에서 수학(修學)했다면 어느 정도 수준의 기재가 되었을까.

아직 남궁장호나 제갈운의 진면목을 모두 본 것은 아니었다.

하지만 장일룡이라면 충분히 그들을 능가하는 기재가 되었을 거라는 확신이 들었다.

저 아둔해 보이는 근육 속에 엄청난 지낭(智囊)이 들어 있었다.

상황을 파악하는 인지력, 핵심을 관통하는 판단력, 난관을 돌파하는 추진력과 동물적인 감각까지!

그야말로 강호제일기재라고 해도 과언이 아니었다.

그 누구보다 제갈운의 놀람이 가장 컸다.

포양호의 광활한 지도를 한 차례 살핀 것만으로 저만한 묘수를 내기란 쉽지 않았다.

십여 년이 넘게 지략과 병법을 공부한 자신에게도 결코 쉽지 않은 문제.

제갈운이 그런 장일룡을 향해 뭐라 입을 열기도 전에, 조휘의 음성이 재차 들려왔다.

"좋습니다. 어차피 가장 먼저 포구들부터 재정비하려고 한 마당입니다. 일단 장 부장님의 전략대로 해 보지요. 조가통운은 일단 보류하겠습니다. 다음."

조휘의 품에서 또 다른 서류가 나왔다.

그것은 일종의 도해(圖解)였는데, 조휘가 회탁 위에 펼치자마자 이 총관이 바로 반응했다.

"혹시 이건 철공(鐵工)의 도해입니까?"

조휘가 그의 눈썰미를 칭찬했다.

"역시 이 총관님이군요."

오래도록 철방을 관리해 온 이 총관답게 곧바로 철골을 알아본 것이다.

허나 H빔의 형태는 이 총관에게 생소한 것이라 무슨 용도인지 곧바로 알아차리지는 못했다.

"목골(木骨) 대용으로 쓸 철골(鐵骨)입니다. 과거 운차의 개발 때처럼 기산각의 모든 역량을 동원해 가장 하중을 잘 견디는 튼튼한 철골의 개발을 부탁드리겠습니다. 철방의 모든 역량을 동원해 주십시오."

"철골이요?"

자신의 주인이 또 무슨 기상천외한 생각을 하는지 이 총관은 짐작도 할 수 없었다.

철은 목재와 강성 자체가 다르다.

저 정도 길이와 두께, 크기라면 일반적인 목골과는 비교조차 되지 않는 장력을 지니게 될 터.

317

"어느 정도의 무게를 견뎌야 합니까?"

이 총관의 질문에 대답은 제갈운이 했다.

"최소 만 근을 버텨야 합니다."

만 근이라면 6톤.

도대체 뭘 만들길래 기둥 하나가 그 정도 하중을 견뎌야 한단 말인가?

이 총관이 조휘의 눈치를 보며 천천히 운을 떼었다.

"외람되지만 무얼 만들고자 하시는지……."

조휘가 침중하게 얼굴을 굳히더니 곧 객방의 모든 창문을 닫으라고 지시했다. 그리고 의념을 동원해 객방 안의 모든 음파를 차단했다.

"철골의 제작 전까지 이는 극비입니다. 저는 십 층(十層) 이상의 전각을 구상하고 있습니다."

"시, 십 층?"

"십 층 이상이라니!"

"말도 안 돼!"

백 년 전, 중원제일의 기관토목가로 칭송받던 기산노공(機算老工) 모용여학 선생.

그가 필생의 염을 다해 완성한 기관도해로, 장장 칠 년에 걸쳐 완성한 것이 항주의 육 층 전각 천상황홀루(天上恍惚樓)다.

강호에서 가장 높은 전각이라는 상징성도 있었지만, 곳곳에 기산노공의 고명한 수법이 녹아 있는 기관장치들로 인해 더욱 천하에 이름이 높았다.

이 총관이 경악 어린 얼굴로 고개를 도리질했다.

"철골이라면 어쩌면 십 층이 가능할지도 모르겠습니다. 허나 그 천문학적인 비용은 어디서 조달할 것이며 더욱이 저희에게는 과거 중원제일의 기관학자이셨던 기산노공과 기인(奇人)부터 없지 않습니까?"

그의 말에 제갈운이 발끈했다.

"중원제일?"

현재의 모용장(慕容莊)이 과거 모용세가였던 때가 있었다.

그때까지만 해도 제갈세가와 함께 강호의 지낭을 다투었으나, 마신교의 난 이후 완전히 쇠락일로에 접어들어 일개 장원 규모로 전락한 것.

그 이후 모용씨는 단 한 번도 제갈세가의 아성을 뛰어넘지 못했다.

허나 기산노공은 예외였다.

그의 기관토목지술과 산법술, 특히 도해를 그리는 능력은 당시의 중원제일이었다.

그가 신출귀몰한 방랑벽을 참고 후인이라도 남겼더라면, 어쩜 기관토목지술만큼은 모용장이 최고로 남았을지도 몰랐다.

하지만 그런 평가는 신기제갈가의 자존심을 자극하는 것.

"눈앞에 신기제갈을 두고 무례하시군요."

"……아, 죄송합니다."

이 총관의 당황스러운 기색에 조휘가 호탕하게 웃었다.

"하하! 감히 신기제갈의 소제갈을 앞에 두고 중원제일의 기관술 운운하시다니! 이 총관님께서 잘못하셨네요! 벌주 한 잔 마셔야겠습니다."

이 총관이 소제갈이라는 별호를 듣자마자 기겁을 했다.

아무리 무림강호에 문외한인 그로서도 신기제갈가의 보물이라는 소제갈의 명성은 익히 들어온 것이다.

"소, 송구합니다. 제가 강호의 견문이 일천하여 소제갈님인 줄은 꿈에도 몰랐습니다."

그제야 봉황금선을 활짝 펴며 희미한 웃음을 띠는 제갈운.

조휘가 함께 웃으며 말했다.

"도해 걱정은 마시죠. 저 역시 제갈 과장님을 보조할 겁니다. 아마도 최고의 설계도해를 보게 될 겁니다."

"으음. 알겠습니다."

이 총관은 그래도 뭔가가 찜찜했다.

지난 시간 동안 자신이 경험한 주인은 평범한 사고는 치지도 않는 인간이었다.

이 정도로 장인들을 데려왔다면 필시 또 어마어마한 규모일 터.

그 불길한 예감에 이 총관이 설마 하는 심정으로 조심스럽게 입을 열었다.

"이거…… 혹시 한 채가 아닌 겁니까?"

조휘가 퉁명스럽게 대답했다.

"일단 계획은 스무 채 이상요."

"예? 허……!"

역시 예상은 한 치도 빗나가지 않는다.

십 층 이상의 전각 스무 채라!

십 층짜리 전각 하나를 짓는 것만 해도 엄청난 대규모 공사다.

더구나 저 도해 속의 철골 하나만 해도 가격이 엄청날 터.

십 층짜리 전각 하나에 저런 철골이 몇 개나 들어갈까?

대충 셈을 해 봐도 백 개 이상.

철골만 해도 그 비용이 상상조차 되지 않는다.

그런데 스무 채라고?

일단 자금은 논외로 치더라도 주괴공방에 인력을 얼마나 갈아 넣어야 그만한 양을 생산할 수 있을까?

뭔가에 한번 꽂히면 물불을 가리지 않는 조휘의 특성상 이 일의 진행을 엄청나게 옥죌 것이 분명하다.

이 총관은 벌써부터 피로가 아득하게 밀려오는 듯하여 머리가 지끈거렸다.

"자금은 준비되신 겁니까?"

포양호의 땅을 매입하느라 조가대상회의 가용 자산을 모조리 투입했다.

합비에서의 수입을 지속적으로 조달해 온다고 해도 이 정도 규모의 공사라면 터무니없이 모자랐다.

"음. 생각해 둔 것이 있습니다."

그래, 또 어디서 귀신같이 은자를 구해 오겠지.

이제 이 총관은 그 출처를 물어보기도 무서웠다.

한데.

"흑천련이 과연 그 많은 은자를 내줄까요?"

묘한 얼굴로 묻는 제갈운.

조휘가 한 치의 의심도 하지 않는 듯 자신만만하게 말했다.

"지들이 안 내주면 어떡할 겁니까? 뒷감당이 안 될 텐데. 뭐, 그럼 성주(城主)에게 달려가지 뭐."

"서, 성주는 왜요?"

"강서성주는 그 황실 외척 황의현의 차남이잖습니까. 어차 피 흑천련이나 강서성주나 황실의 병기고에서 화약과 대포 를 빼돌린 공범들입니다. 둘 다 좆 돼 봐야죠."

"……."

"음. 이왕 이렇게 된 거 양쪽 다 작업을 해 봐야겠네요."

황실의 외척 황의현이라면 황궁 내에서 일인지하 만인지 상의 절대 권력이다.

그런 엄청난 권력자와 척을 지는 것도 마다하지 않겠다는 저 엄청난 기개를 용기라 불러야 할지 만용이라 불러야 할지.

"어차피 황제가 중원의 대가리 아닙니까. 황제의 측근에게 불어 버린다고 협박하면 지들이 어떡할 건데요."

"대, 대가리! 아니 그래도 황제 폐하께 말이 좀……."

"원래 없는 자리에서는 황제도 욕먹는 겁니다. 도대체 외척이 저만큼 날뛰도록 왜 내버려 둔단 말입니까. 그렇게 집안 관리가 허술해서야…… 읍!"

삿갓무사 남궁장호가 조휘의 입을 틀어막고 있었다.

"듣는 귀가 많소. 조 봉공."

없는 자리에서는 대통령도 욕할 수 있다는 말은 현대에서나 통용되는 이야기다.

제국의 권력이 얼마나 어마어마한 것인지 아직 조휘는 몰랐다.

현대의 대한민국과 중원의 제국은 그 권력의 근본 자체가 달랐다.

황실의 이목은 천하에 두루 깔려 있었다. 아무리 조심한다고 해도 이들 중에 황실의 끄나풀이 없다고 장담할 수는 없는 것이다.

안휘의 상계를 지배해 버린 조가대상회는 충분히 황실의 이목을 끌 만하니까.

조휘가 남궁장호의 손을 밀며 의미심장하게 웃었다.

"에이. 저는 조가대상회의 전 직원을 가족같이 여깁니다. 설마 이 중에 배신자가 있을 리가요. 다들 뻔히 그 최후를 아실 텐데."

조가대상회의 간부들이 하나같이 부르르 몸을 떨었다.

녹림의 제일무력집단이라는 그 엄청난 고수들이 조휘에게 어떤 꼴을 당했는지 모두 지켜본 간부들이다.

자신들의 회장은 인간이 어떤 지점에서 수치심을 느끼는지 악랄하리만치 잘 알고 있었다.

"자자, 일단 기산각주님 어디 계십니까? 이리 오셔서 도해부터 받아 가시죠."

객방의 구석 끄트머리에 앉아 있던 기산각주 국수문이 버선발로 다가와 시립했다.

"예 회장님!"

조휘가 도해를 내밀며 눈을 빛냈다.

"길이와 너비, 무게는 변해도 됩니다. 하지만 형태는 무조건 이 형태로 성형해 주시기 바랍니다. 버틸 장력은 만 근입니다. 아까 들으셨지요?"

"예! 잘 알고 있습니다."

조휘가 좌중을 훑어보다 다시 포양호의 지도를 눈짓으로 가리켰다.

"자, 이 지도에 각 사업체별로 분타를 세울 곳을 모두 표시해 두었습니다. 일단 각자 현지 시찰을 나가 주시고 필요한 재원은 이 총관님께 계획서와 함께 보고 바랍니다. 이상 상계 일통!"

"대상평천하!"

"대상평천하!"

조휘가 흡족하게 웃으며 회의를 마쳤다.

〈4권에 계속〉

선단기

체험 학습차 박물관에 방문한 유건(劉乾).
그곳에 있던 그림 하나가 그의 눈을 사로잡았다.

[백호좌애간월도(白虎坐崖看月圖)]

필치나 화풍이 특별하지 않은 그림을 살피던 도중
한 여성의 음성과 함께 극심한 고통이 밀려왔고
그림 속 백호가 튀어나와 유건을 집어삼켰다.

억겁과 같은 시간 속에 치밀어 오른 극통이 잦아들 무렵,
그가 눈을 뜬 곳은 밤하늘에 세 개의 달이 떠 있는 행성이자
선도를 밟는 신선들의 본향, 삼월천(三月天)이었다.

조휘 신무협 장편소설
NEO ORIENTAL FANTASY STORY

독재자

조휘 **대체역사장편소설**

ALTERNATIVE HISTORY FICTION

특수전사령부 소속 비밀작전팀 아시온 팀장이자
국내에 유일한 사이보그인 이준성.
열강들의 야욕을 저지하기 위해 나선 작전 도중
뜻밖의 상황을 맞이하며 자폭하기에 이르는데.

지옥에서는 제네바 협약 따윈 안 지키는 거

눈을 뜬 그의 시야에 들어온 것은 지독한 참
이윽고 상황을 인지하며 한 가지 사실을 깨달을
자신의 두 발이 16세기 말 임진왜란이 펼쳐
전란의 대지에 서 있다는 것을.